九州文库

拙心素语

黄宜龙 著

九 州 出 版 社
JIUZHOUPRESS

图书在版编目（CIP）数据

拙心素语 / 黄宜龙著 . -- 北京：九州出版社，
2022.10

ISBN 978-7-5225-1284-6

Ⅰ.①拙… Ⅱ.①黄… Ⅲ.①散文集—中国—当代
Ⅳ.①I267

中国版本图书馆 CIP 数据核字（2022）第 195275 号

拙心素语

作　　者　黄宜龙　著

责任编辑　黄明佳

出版发行　九州出版社

地　　址　北京市西城区阜外大街甲 35 号（100037）

发行电话　（010）68992190/3/5/6

网　　址　www. jiuzhoupress. com

印　　刷　唐山才智印刷有限公司

开　　本　710 毫米×1000 毫米　16 开

印　　张　13.5

字　　数　168 千字

版　　次　2023 年 3 月第 1 版

印　　次　2023 年 3 月第 1 次印刷

书　　号　ISBN 978-7-5225-1284-6

定　　价　85.00 元

自 序

闲居不知时日暮，转瞬退休已三载。三年来真是无事一身轻，每天睡到自然醒，早餐后散步买菜，回来后看书上网，还买了几样乐器弄点管笛。经常出去旅游，领略天下美景，有时会会老友，闲聊饮酒。逢年过节，小孩孙女回来相聚，虽是忙前忙后，却也其乐融融。欣感吾辈生逢盛世，心无闲虞，真乃人生好时节。

前几日，一老友相邀聚餐，席间原省厅的老同事送我一本书《诗路心语》，说这是他退休后写了 10 年的诗集。他说，人来世上走一遭，做多大官赚多少钱都不会被人记起，唯有写点东西才可能留下点痕迹。这让我想起了古希腊一位哲人说过的话：先人走过的地方，应当给后人留下标记。使我觉得虽然人已退休，不能这样每日吃喝娱乐，无所事事，应当写点什么。

回想自己从 1976 年 2 月参军入伍，先后在连队任战士、班长、排长，团政治处宣传干事，连队政治指导员，整整 12 年，一边工作一边学习，也常写些打油诗、讲话稿和新闻报道，还曾因宣传报道工作成绩突出荣立三等功。1988 年转到地方工作，又是新的起点，万事从头开始，先后在基层税务所任税管员、市局办公室科员，副主任、主任、总经济师、副局长，党组成员，2006 年提任交流到市州局任局长，党组书记，12 年间先后在三个市州局主持工作，2018 年机构改革到省局后提任退休。在任主任和副职的 16 年间，自己也写过不少论文、调研报告，包括一些工作经验和培训讲稿，一些文章也在国家级核心经济期刊发表，有的还在省级内部刊物连载，但主要是一些工作上的，现已退休，想写点其他方面的内容，却觉得难以下笔。

既是闲来无事，又觉无从下笔，不如翻翻原来的笔记，整理下书籍，突然眼前一亮，《后知后觉》《如何是好》这两本书给了我启迪，作者任彦申是北大原党委书记，后任江苏省委宣传部部长、省委副书记、省政协副主席等职，这两本书是他退休后写的从政几十年的心得，在网上搜了下，还是畅销书，颇受公务员、企管人员和大学生欢迎。任彦申从学校到地方，先后在几个部门主政，这书中的经验都是他亲身经历和体会的。自己从部队到地方，虽在基层工作，文化底蕴无法相比，舞台角色也小得多，但也一样有最基层、中层干部、班子副职和主官的经历，而且自己工作的 43 年，完全与改革开放的 40 多年相伴而行，见证了这个时代风云激荡的改革、发展与变迁，经历过很多事情的曲折和矛盾，接触过基层复杂的困难和期盼，见证过许多人的成长和沉沦，虽然一代人有一代人的长征路，但革命事业是没有终点的接力赛，奋斗的过程不会一马平川，我们在革命事业长河中已经上岸歇息，但后人总要继续划行，我想把自己经历的思考和感悟写出来，就当是与后来者谈心，或许对自己是一种宽慰。

要想告诉后来者什么，仔细回想起几十年工作经历过的事、认识的人。有的人做成事善为人，得到认可赞许；有的人事未做好得罪人，甚至陷入泥坑；有的人明为做事实则谋私，或一边做事一边吞噬，最后遭人唾弃，身陷囹圄。万事靠人做，成败皆由人，人的品德才学能力之高低，决定事物发展的兴衰与成败，如果是一名主官，就决定了一个地方的繁荣，一个部门的成效，甚至决定了人民的幸福感。现在社会纷繁复杂，生活多元节奏快，各种诱惑多，人心浮躁，都希望凭借聪明，能走捷径，少担责任，多搏效益，急功近利，立竿见影。我的经历告诉我，人生是一场长跑，要想胜在终点，笑到最后，唯有抱朴守拙，用朴实的品行和务实的作风去工作，保持自然质朴的本色，对人，对社会，对组织，永抱简单朴素之心，才会动力持久，行稳致远。曾国藩曾说："天道忌巧，去伪而守拙。"人生的路没有捷径，保持质朴的拙心，做简单本分的事，领悟生活的道理。于是，有了这本《拙心素语》。

本书的内容结构，基本上是我人生成长经历心灵感悟的过程，涉及励志、立德、从政、做人、处世、修身等方面，每一章、每一篇，都是我亲历亲为的体会，每一个观点和看法，背后都有具体的人和事，我把它写出来，不是为了评说过往事情的是与非，或对人们进行什么说教，仅仅是用自己亲为的经历与感悟和大家谈心交流。希望能对读者有所帮助。

是为序。

黄宜龙

2022 年 5 月 17 日

目　录

愿　景

用　人

揽　要

效　率

处　世

修 身

闲 逸

励　志

志当存高远

王阳明曾说过："志不立，天下无可成之事，虽百工技艺，未有不本于志者。"故做人先立信，成事先立志。志者，是人生奋斗的价值目标，而起步初始，不知其为何所为，唯有"志存高远"。纵观历史上那些叱咤风云建功立业的伟大人物，无一不是在年轻时就胸有鸿鹄之志，志在宏图伟业。马克思曾说过："在选择职业时，我们应该遵循的主要指针是人类的幸福和我们自身的完美……如果一个人只为自己劳动，他也许能够成为著名的学者、伟大的哲人、卓越的诗人，然而他永远不能成为完美的、真正伟大的人物。"1925 年秋，一代伟人毛泽东在长沙橘子洲头就以诗咏志，指点江山："问苍茫大地，谁主沉浮?"抒发了"敢教日月换新天"的伟大志向。志存高远，穷且益坚，是一个有革命情怀的人事业发展的起点。

革命伟人的胸怀天下，才高志远，确实给人激励，但我们都是普通人，和绝大多数人一样，都是从最底层生活中出来的，没志向自然百事难成。但有志想为，说来容易，践行甚难，特别是遇到困难时，坚持更难。1976 年我参军入伍时，也暗暗下定决心，一定要在部队好好干，施展才华，走出农村，改变自己的命运。大有"天高任鸟飞，海阔凭鱼跃"的感觉。当载着我们公社几十名新兵的敞篷车经过我家乡生产队时，看着低矮的草房，贫瘠的土地，不知是对家乡的眷恋，还是要奔向新征程的激动，我第一次洒下了男儿的泪水。刚到部队的新兵训练十分紧张与艰苦，但我这个穷苦农民的孩子，适应很快，分到炮兵连队后，没多久就担任了一炮手，成了军事骨干，不到一年担任了连队班长，算得上是开局很好，起步顺利。可就在连队准备把我做干部苗子培养吸收入党时，却遇到了曲折，那时"文化大革命"刚结束，家庭社会关系对一个人的进步尤为重要，有时一个小的函调材料，就能决定一个人的前途命运。为此，与同年入伍的战友相比，我入党迟了一年，提干是整整晚了两年，这对我的人生，刚踏入部队不久就狠狠上了一课。

所以，"志当存高远"，不是儿时课堂上的豪言壮语，也不是小时"过家家"的朦胧选择，而是每个人想勇敢面对生活的应有情怀。我相信，每个人小时候都有一个伟人梦，如同拿破仑所说的："每个士兵的行囊里都背着元帅的指挥杖。"但理想要落地，得有现实的环境和依托，得有长期的积累和基础，得有困难迷惘时的坚韧与不舍，还得坚持等待机遇。苹果公司创始人乔布斯在总结自己成功的经历时说："你不能预先把点点滴滴串在一起，唯有在你未来回顾时，你才会明白那些点点滴滴是如何串在一起的。"人在奋斗的过程中，志向、自信、坚持、毅力，一样都不能缺席，但志向起着引领的作用。

志存高远要落地，根据我的经历，至少要在三个方面努力。

第一，要有高的境界，但行好事，莫问前程。人生的路得一步步走，人生的事要一件件地做，但不是每行一走都会登高，每做一件事就有回报，特别是人刚起步时，走正、走稳才是最重要的，不需要立马博得他人喝彩，做事如此，练功如此，学艺如此，做人更当如此。没有人一开始就知道未来会成就什么，只有在起步时努力做好做实，日积月累才会有效。遇到困难不要放弃，挫折面前不要泄气，迷茫彷徨时也要坚持，受到委屈也不能自暴自弃。

第二，要有长远的眼光，遇事看远一点，熬过来可能就有机会。参军几年后，和我同年入伍的战友，要么已退伍回乡，要么已经提干。当他们穿着锃亮的皮鞋，神采飞扬地回乡探亲相对象的时候，我还整日摸爬滚打地在连队训练场上，带领战士操炮弄枪，夏练三伏冬练三九，晴天一身汗，雨天一身泥。部队训练基层最辛苦，而班长是兵头将尾，过硬的军事本领最重要，我先后当了四年班长，二次代理排长，几番提干的挫折是我在部队最难熬的日子，但也最终获得了组织的认可和战士们的称赞。自己带的班一直是连队先行班，团炮兵教练班，自己在部队练兵比武中获得全优并被评为"一级神炮手"，还被推荐到师教导队担任炮兵教员。

第三，要有"燃烧自己照亮他人"的奉献精神。中国有句古话叫"乐为他人作嫁衣"，人有时就是千辛万苦，或许没什么成就，就是一颗暂时的螺丝钉，但工作有时又需要螺丝钉。在面对辛勤付出和挫折失落相交织的日子里，我常拿保尔·柯察金来激励自己，他为了新生的苏维埃政权，打过仗，受过伤，当过工人，干活专拣重的做，从不计较报酬得失，最后累到双目失明。他用顽强的毅力写出了自传体小说《钢铁是怎样炼成的》，每当读到他对生命的理解和对人类事业献身的名言时，我都感动得潜然泪下，所有的彷徨和失落都化成了新的力量。书籍，志向，英雄人物的事迹，引导我穿过失落的惆怅和迷惘的沼泽，迈出了报国为民的第一步。

潜龙勿用

俗话说，"万事开头难"，而择时而为更难。任何事物的发展都有一个过程，人的成长也要经历几个阶段，"潜龙勿用"就是事物发展的初始状态，一个人成长的起步阶段。《易经·乾卦》第一爻记载："初九，潜龙勿用。"这是告诫我们，在事物初始阶段，力量不够，情况不明，应当积蓄力量，等待时机，这如同羽翼未丰不宜飞高，筋骨不壮不可负重一样。大凡志向远大欲成就一番事业之人，都经历过一个能力的积蓄过程。传说舜的父母对他从来不公，专门挑毛病"虐待"，而对其弟象则百般关爱。父母几次欲置舜于死地，舜都得以逃脱。但舜从无怨恨，唯恐陷父母于不仁。后来舜的大孝名显天下，从而成就了他辉煌的事业。东汉名将马援年少时聪慧过人，锋芒初露，他的兄长对他说："汝大才，当晚成。良工不示人以朴，且从所好。"希望他不要为图虚名，急于出头露角，要精打磨炼，务成大器。

自己在职业生涯中，曾经有两次错误的教训，对"潜龙勿用"的道理也颇有感触。

第一次是转到地方任办公室副主任时。刚到地方，信心满满，事事用心刻苦，刚3个月，就因一次撰写典型材料的机会调到市局办公室，且一炮打响，该材料被评为"全国税务稽查系列先进典型"，不到两年，就提任副主任。1992年初邓小平南方谈话发表后，系统内也掀起了改革热潮，市局主要领导先带我到北京开会，再组团到东北考察学习。一路联系接待、考察学习记录、生活安排自然是我份内的事，开始几天，大家都兴高采烈，心满意足，可从哈尔滨到沈阳后，领导有些不高兴了。因为那时接待方安排唱歌跳舞是时尚，出于礼貌我们去了，但没遵照提醒把领导晒在一边，下去跳了两曲，回来后领导很严肃地开会批评了我们。到青岛考察学习时领导发了一顿大火，在樱花小镇景点照相时不愿合影，后来大家劝说才勉强为之还面带怒气，霎时间我意识到触了逆鳞———一路因联系接洽需要，我做了些功课，每次考察活动时，自己好像样样皆知，口若悬河，旁若无人，有时讲解员都围着自己在转，让人不知谁是主角，越位抢了风头；到合影时，有人拿梳子在捋头发，而没先尊让领导，惹得领导借此大发脾气。此次考察，由于自己年轻识浅，思想简单，无意间喧宾夺主，不仅没给领导留下好印象，反而带来副作用，原议定由我提任接替主任的事被推迟了八个月，不能不说是一个教训。

第二次是在刚进班子头两年，即1998年的一次活动。刚进班子任总经济师，分管的是办公室和机关服务中心，当时年轻气盛，踌躇满志，总想多做出点成绩，提高工作业绩，扩大社会影响力。因为在办公室工作时间较长，常随领导下基层调研，经常写点调研报告和论文，在《中国税务》《税收研究》等核心期刊和省级期刊发表过一些文章。单位的调研风气浓厚，在全省系统名列前茅，有人建议我搞一次论文评选，将优秀论文汇集成册，再邀请省局和总局领导及社会有关部门开一个规模较大的研讨会，提升调研工作知名度，扩大社会影响力。我想这是有利于推动工作的好事，便报告上级经同意组织了这次活动。谁知花费了很多精力，效果并不如意。首先邀请省领导参会未获应允，只是后来总局研究所长来参会才派人陪来；其次研讨会上我自己的文章太多，而且将自己编的一个小册子发给与会代表，有人闲议说，虽是工作，却是个人扬名。后来我反思，这次活动收效欠佳，最大的失误就是没把上级领导在这里的调研讲话或文章放在篇首，平时争取领导不够，因为没有谁会对与自己无关的东西感兴趣。最后就是把自己的论文汇编分发给大家纯属多余，论文的评选获奖要照顾方方面面，适当平衡。总之，这次活动给我的教训是：工作热情和能力不等于工作影响和效益，良好愿望不一定结出美好果实，自己所长就是他人之短，若去凸显反生闲虞，应当内敛隐藏，学人长补己短才能筑牢基础。

当然，潜龙勿用，不是说不用，"勿用"是暂时不用，只是在学习积累阶段，不要踮起脚趾冒尖，硬起肋骨负重，要打牢基础，积累力量和动能，就像士兵练好本领，备足行囊，等待出征。同时，"勿用"也是不轻易用，不轻举浮躁，急于表现，要因时而用，厚积薄发，不用则已，用则惊人。

有空多读书

书籍是人类进步的阶梯。培根说过："书籍是在时代的波涛航行中的思想之船，它小心翼翼地把珍贵的货物传给一代又一代。"在一个人的进步历程中，书籍总是你忠诚的伴侣，即使是在最困难的时候，你向它救助，它也不会抛弃你。

我喜欢读书的习惯源于小时候，那时候没有什么娱乐活动，只有找点书看来打发时光，除了读《毛主席语录》和"老三篇"（《纪念白求恩》《为人民服务》《愚公移山》），什么手抄本，连环画，发黄的旧书，只要有的就找来读。我读书大致分四个阶段。

第一阶段是刚入伍时朦胧的爱好文学。那时"文化大革命"刚结束，改革开放刚开始，爱好文学是一种时尚，对古今中外的文学名著，我有点如饥似渴，当时流行的《人民文学》《诗刊》是每期必读的，外国作品特别喜欢拜伦、雪莱、普希金的诗，《牛虻》《钢铁是怎样炼成的》也对我影响很大。其次对历史、哲学也有点爱好，艾思奇的《大众哲学》我读了很多遍，书上记满了密密麻麻的笔记。1978年在河南卢氏县乡村驻训劳动时，我是唯一在那个乡镇邮局订阅《哲学研究》的人。为了学理论原著，我还曾专门坐车九十多里到市区买了一套《马克思恩格斯选集》。连队对我爱看书也特别理解，每天晚上九点熄灯号响后，我是唯一可以点蜡烛看书的人。

第二阶段是改革开放提干后主动学习经济知识。提干后半年调到团政治处工作，因工作需要，我啃书本有增无减，其中激发我学习经济学知识的是阿尔温·托夫勒的《第三次浪潮》，工业革命引起的全球化、知识化、信息化成为潮流，还有奈斯比特的《大趋势》也深深地触动了我。为此，我买了一系列经济学的书，从亚当·斯密的《国富论》，李嘉图、马歇尔的著作到凯恩斯的《通论》，我想，国家工作重点转移，以经济建设为中心，加快改革开放，先补点课垫点底子总有好处。后来确定转业将分配到工商税务部门工作，利用中间休整的空档，又比较系统地读了一些工商经济管理、税收理论和会计学方面的书，到了地方还没正式上班时，就写了几篇粗浅的关于经济和税收的文章。

第三阶段是根据工作需要补学一些经济和管理学方面的书。这主要是结合工作，根据需要，哪有短板就学习补课，学思结合。因为有具体岗位和平台，我也写了一些论文和调研报告，其中《税收增长方式初探》被中国财经文库收录并被多所大学学报所引用。我有空也喜欢翻看历史书，读《史记》和《资治通鉴》做的笔记估计也不下二十万字。

第四阶段是任主官后为扩大视野选学社会学、名人传记和为政处世方面的书。读社会学可以悟出人性，读名人传记可以励志明事，而伟人名人的为政处世方略，可以给你在处理复杂问题上提供借鉴参考。自己曾轻狂自诩："要读遍古今书，走遍天下路。"回想起来，走遍天下路是可以基本做到的；而读遍古今书，则犹如在浩瀚的书籍海洋里，仅在岸边浅滩上捧尝了几朵小小的水花而已。尽管如此，多读书对我的工作和职业生涯还是帮助甚多。

俗话说："勤能补拙，书能治愚。"因为小时候上学少，所以长大后拼命多读书，读书可以增长知识才干不说，还可以磨炼性格、改变气质，读书至少给我带来了四个好处：一是在苦恼迷惘中充实了自己。每当有不顺心，遇到困难曲折，心里愁闷不解时，就翻开书本，转移情绪，这有点以酒消愁、借书治烦的味道。二是助推了工作的发力。我在部队提干没多久就调到政治处机关工作，在宣传工作上出了些点子和创意，如在报道连队"全天候"训练的经验登上军区报头版头条，总结"不恋西湖景色美，乐在军营作贡献"的城市籍干部被评为"集团军典型"。而后转到地方几个月就从基层税管员调到市局机关并很快担任中层干部，多半是多读书练笔的功劳。三是拓宽了工作思路和视野，这对我在走上主官岗位后帮助很大。全局的工作思路，比较重要的讲话、总结包括考核的要点，基本上都是自己思考动笔或自己说要点办公室人员整理，这样工作条理清晰，要抓什么心中有数，而且每年要有创新。四是扩大了交友的范围。工作中会与各方面的人打交道，信息化社会，网络媒体的舆情对工作有重要影响。在某副中心城市工作、初次与当地报社媒体负责人见面时，陪同的记者手里拿了一本刚翻译出版的威廉·巴特勒·叶芝的诗集，我想与文化人应聊点文化，就从威廉·巴特勒·叶芝的诗聊起，还背诵了他的情诗代表作《当你老了》，一下子同他们拉近距离成了朋友，后来在宣传和舆情管理上给单位提供了不少方便和帮助。

把背过担责当历练

在正常情况下，正职皆由副职来，一个干部的成长，大多是先在副职岗位上历练一段时间，然后走上主官的岗位，副职是本级的班子成员，在单位参与决策，分管一个或几个方面的工作。副职的角色，在分管范围内勇于担当，独当一面；在全局工作中当好参谋，唱好配角；在重要复杂问题处理上，要分忧解难，推功揽过，等等。在改革开放前期，各项政策措施的探索尝试过程中，有些工作没先例，管理不规范，制度不健全，人们的思想认识也不相同，但事情又得做，这就要有"第一次吃螃蟹"的精神，总得有人担责，有时是背过加担责。

自己在班子里任副职十年，先后配合三位主官工作，分管过绝大部分业务和机关科室，基本跑遍了县市区和乡镇的基层单位，适应了不同主官的工作风格，也学了不少他们的优点和方法。但感受最深最能磨炼提高水平的，是在复杂矛盾问题上的背过担责，自己曾有过三次这样的经历，每次我都有感悟：背过担责就是一种历练。

第一次是在1997年刚进班子处理机关食堂外包问题上。国企改制时，为了安置下岗人员，提倡机关办实体；后来为了提高机关效率，又主张分流外包。当时一方面干部对食堂管理意见很大，一方面班子内意见不够统一，主要领导要我拿方案和托管方洽谈，初步方案形成后开会前，我提醒"班长"是否要先给分管领导汇报后等他回来再开会（当时分管领导在乡村"奔小康"驻队，我刚进班子是协管），结果提前开办公会通过了改革方案，后来党组会上分管领导大发脾气，质问："我分管的都不知道，为什么开会！""班长"只是支吾了一句："你不在嘛。"食堂托管确实改进了管理，改善了生活，还节约了成本，得到干部拥护，但为这事惹老班子成员误解生嫌隙，弄得好几年只要是我分管工作，就被"横挑鼻子竖挑眼"，让我受了不少夹磨。

第二次是 2002 年组织全系统的干部参加执法资格考试。按政策规定，具有正式干部身份的才能参加考试，合格后发给总局统一制发的执法证书，工勤人员、协管员不具备考试资格。由于是第一次在全国范围内组织考试并发证书，基层税务人员认为这是对工作的激励和身份的认可，被拒之门外是莫大不公。于是基层领导提意见，一些多年从事协管工作的非正式人员集体上访。为了缓解矛盾，主要领导答应了个别县的要求，研究考试方案时，作为分管负责人我明确提出，临时人员参考不符合上级规定，必须先请示省局，就是参考了也不能发执法证书。主要领导满口表态："省局我汇报，你按我意见落实。"考试时，有的县提前知道情况悄悄模仿，有的不知情的又没参加，结果造成新矛盾。后来省领导下来调研时，训斥我不讲原则，竟敢违反省里规定，擅自扩大考试范围，我说会上我提出了反对意见也给省局汇报过，这时主官过来解围把领导劝走了。霎时我才知道，原来主要领导并没给省里汇报，当时只是为了缓解矛盾一时应付下，有问题自然由我背过挨训，或许，他也有苦衷，不得已而为之。

第三次是 2004 年初全系统清理临时人员。当时我分管人事，全系统由于历年积累的问题，临时人员数量大、情况复杂、矛盾突出，在哪一个方面下手都会牵动全局。当时的主官是省局下派干部，很超脱也很信任我，把这个"烫手山芋"一把交给我，委托我全权负责。这是长期积累的问题，谁都不愿揭这个"脓疮"，别人请人进来我请人出去，别人做好事我做得罪人的事。但这次省里下了决心，非解决不可。既然分管，就得担责，当我多方调查摸底拟好方案到省局汇报时，本想得到省局理解支持，可当我汇报完情况说明矛盾很大以及可能会带来的问题时，领导严肃地说："你们干部是怎么在管的?"我说："刚接手，这是历年遗留的问题。"领导说："当官就要理旧事，我不听困难，就看你们怎么下决心干。"没任何退路，回去后统一思想痛下决心纵惹众怒也得干，别人只表态，我得去操作，选择了一个矛盾最突出的县率先实施，又让一个问题多的县跟进，各种矛盾一下爆发，争议、吵闹、上访接连不断，为此我第2次上北京接访，不断下基层协调，曾为一个县的集体上访驻京半个月与其斡旋，在某县协调矛盾时被临时人员围堵几个小时，当时我爱人正住院手术等我回来签字……好在主要领导支持，其他同志理解，经过半年时间折磨扯打，基本上画了一个比较圆满的句号。

工作中的背过担责，都是特定条件下解决问题的一种选择，没有为个人私利背过。之所以会让人背过，是囿于当时多种环境造就，主要领导也可能别无他法，迫不得已而为。我虽背过担责，却没任何怨言，在职时从未和任何人提起，我觉得这种历练反倒锻炼了自己。

学会在责难和委屈中成长

世界上没有一条路是完全笔直平坦的，职业生活也绝不是一帆风顺的。对于要成长为独立工作、担当一定责任的人，更是要经过磨炼和曲折，这正如美好的果实必须经过烈日暴晒和风雨浸淋才会甘甜可口一样。先哲孟子说过："天将降大任于斯人也，必先苦其心志，劳其筋骨，饿其体肤，空乏其身，行拂乱其所为。"伟人毛主席从 1927 年秋收起义到 1934 年确立在党内的领导地位，7 年中四次受到打击排挤，可以说是在责难委屈中成长并走向领导核心的。纵观历史，青史留名的伟大人物，大多有过曲折受挫的经历。太史公自序中感叹："文王拘而演《周易》；仲尼厄而作《春秋》；屈原放逐，乃赋《离骚》；左丘失明，厥有《国语》。"大人物尚且如此，我等凡夫俗子，普通百姓，若想能做点事情，自然须吃得了憨亏、经得起挤压、受得了闷气，方可成长进步。

自己在地方工作三十多年，基本上可以分为三个阶段：前八年主要是在市局中层干部岗位，中间十年担任班子副职，后十二年先后在三个市州局任正职主持工作。在中层干部岗位上工作，基本上是一片赞誉声；任副职十年，经常面临责难、打压和非议；任正职独立主持工作后，又得到了理解、称赞和肯定。我寻思，副职既是为分担工作而设置的，也是主官在成长过程中必经的阶梯。没担任过副职，就不会对分管业务的研究熟悉，也不会理解副职的难处和付出，更不会磨炼自己的个性和毅力，懂得收敛和慎用权力。

进班子初期，因为进步较快，有点信心满满，只想一心干好工作，没想过要超过他人博名争利。所以是干劲十足，除工作之外，写了不少调研报告和论文，以为是发挥优势助推工作，但却招来闲言碎语，说我只是会写几篇文章，不懂业务。这让我明白，应当学习木桶原理，同行对人的评价有时不是看优势而是看短板，补短板才能提高自己。分管业务后，我甘愿当小学生，不耻下问，刻苦钻研，还组织科室把分税种的政策编成小册子，人手一册。经过调研提出按税源形态进行分类管理，研究制定了小税种挖潜的措施，率先对城区商业租赁试行综合税率，这比后来国家局正式下文要早好几年，还提出应对征管质量进行量化考核，较早在基层推行税管员和税源管理制度，等等。这使我熟悉了政策、业务，了解了基层管理实情，提升了抓典型、促管理的能力。

补短板像是补课，缺什么补什么，是做好领导工作之必须，并不意味着全面提高。而当时间和人脉的积累有碍他人时，就又会挑别的毛病。如在某年年终考核推荐预备干部时，省局反馈意见，说有人提出我不是收税出身，没当过基层的头。这话暗含的意思不言而喻。但经历不能自己选择，有机会多下基层锻炼是可以的。还真巧，不多久，我分管联系的中心城区局长工作调动，当时面临两大难题，一是人员分流，全系统都完成并上报了名册，唯有这个区因矛盾多、情况复杂没有定下来；二是年底收入结账缺口大，主要是因上年某公司上市造成的。一时没合适的人负责，主要领导让我去兼职顶几个月。本是特殊情况下的临时安排，却有人闲议说"被贬下去了"，我不管他人闲议，也不用辩白解释，只把这当作锻炼主持全面工作的机会，正如丘吉尔所说的："如果你对每条向你吠的狗停下来扔石头，就永远到不了目的地。"在基层兼职的三个月，几乎每天都是"眼睛一睁，忙到熄灯"，工作基本是两头跑，上午到区局主持工作，下午回机关处理分管业务。忙和累都没关系，自己年轻力壮应当多干点事，但要解决两大难题，确实费了不少周折，收入任务相对容易，除加大征收力度外，发动大家找税源出主意，最后确定召集有名的民营企业家自查补税，请企业家开会进餐时邀请区委书记参加，让他们当面表态，解决了税源缺口问题，后来区委书记对我戏说："你这是让我帮你收税的'鸿门宴'"。对人员分流的处理，矛盾大得多，前期的考试、测评都已完成并进行了公示，但一直不敢定，因为人员攀比，不规范的操作，互不服气，不定工作没完成，定了矛盾大，但工作拖不起，再难也得上，压力再大也得扛。经过反复研究，班子成员分工包保负责，对干部预先告知，分级公布结果，大多数落选人员逐步接受分流的事实，但也有个别同志自恃是原老领导的亲戚，蛮不讲理，每天在办公室闹，下班了还到我家里出言不逊，为了不影响家人，我把被子抱到单位，好几天就在办公室休息。最后把问题报到市局，才作特殊情况给予解决。现在回想起来，当人面临困难和委屈而又别无选择时就会变得坚强，就犹如岩石夹缝中长出的树，它的信念、意志、毅力、韧性才会超越温室里的花草，历风霜雪雨仍会挺拔自立。

经历就是财富

　　每个人的成长都希望进步快而且一帆风顺，实则不然，进步快着实令人羡慕，一帆风顺也感觉心情愉悦，但没经过日晒雨淋的果实并不甘甜，在曲折逆转的河流里行舟更显风景。古希腊传说中赫拉克勒斯去解救盗火种给人类的英雄普罗米修斯，就是坐着一个瓦罐漂渡重洋的；《西游记》中唐僧师徒经历九九八十一难才取到真经。东西不同文化的故事隐喻着同一个道理：人生想做成任何一件事情，都必须不畏艰险、历经磨难。高尔基如果没有童年时的流浪生活和奋斗的经历，就写不出《童年》《在人间》《我的大学》自传体三部曲这样的鸿篇巨著；铁木真如果没有早年饱受欺压、几次死里逃生的经历，就不会成为铁血征伐的"一代天骄"。经历塑造人的性格，磨炼人的意志，积累人生经验。英国哲学家休谟在《人类理智研究》中说："长期的经验赐予我们普通观察的智慧，给予我们捋清人性的线索，教育我们解开人性中一切错综复杂的东西，我们就再也不会受骗上当。"从政是与人打交道，既为人服务又管理人，经历的过程不仅是要熟悉各种环境和业务，更重要的是，要了解和悟通人心、人情、人性。

　　在我工作的同事和朋友中，不乏早年得志后来受挫甚至折戟沉沙的例子，他们都是很聪明能干的人，工作有魄力，能说会道，既敢作敢为又讲朋友情义，但有一个缺陷，都没有在班子副职上工作过，都是由二级单位主官一步提任到上级正职岗位的。基层单位人少工作面窄，基本上是主官一个人说了算，上级是一级党组织和法人单位。工作面对方方面面，团体作用和管理方式大不相同，在平稳时期和一般事务还可以支撑处理，遇到复杂矛盾和问题时则难以为继，特别是一步到正职岗位容易养成"我是老大，万事皆由我出"的行事作风，长期任主官的魄力与豪气成了张扬而引来妒忌，最后有的被人告状处分免职，有的被巡视追责甚至身陷囹圄。为什么古代选拔官吏，要求"宰相必起于州郡，猛将必发于卒伍"，强调的就是工作经历。一次我在副中心城市工作，到某县调研时，接待的县长刚到任不久，人年轻学历也高，但在谈到经济工作有关情况和问题时，他只是眨眼点头，没说一句个人看法，让我觉得有种"问以经济策，茫如坠烟雾"的感觉，后来才知道他根本没有经济工作的经历，好在不久组织上就对他的工作进行了调整。

俗话说："经历就是人生的财富。"经历过水火的淬冼，才知道什么是冰冷与灼热；经历过痛苦的磨难，才懂得生活的甘甜与不易；经历过挫折与失败，才知道通向成功的道路是如此艰辛。参天的树木必经风霜，丰硕的果实饱浸汗水，美丽的彩虹只有在雨后才能出现。人生的经历不能仅仅是走过路过，必须身临其中，亲自干过。曾国藩在《挺经》里说："凡天下事，必须躬身入局，挺膺负责，乃有成事之可冀。"所以，真正的经历必须是亲自干过什么事、干成过什么事，像安排干部下基层"蜻蜓点水式"挂职，并没有实质性负责，仅仅是增加了阅历，并不能代表才干的增长。

经历之所以是财富，不仅是亲历躬行，还在于经历中遇到的曲折坎坷甚至失败的打击，只有经历过挫折甚至失败，你才会扪心反思，终生难忘，列宁曾指出，一个政党的成熟，从自己的错误中学习来得更快。

一个人的成长也是一样，只有从自己曾经错误的经历中学习，才会变得更加成熟。当然，现在是和平的建设时期，且在基层工作，没什么大错，对疾风暴雨的年代伟人们的事业无法望其项背，但道理应当是相通的。

不同行业、不同层次的人经历会有所不同，有的人一生只做一件事，但任何情况下都做得很好，他们的经历就是不管环境怎么变化，时代如何变迁，他们都永远处于这个行业的最前沿最拔尖的地位，这同样是优秀的人才。但作为领导，应当有多方面的经历，通晓各方面的基本情况和规则。作为一个部门或地方的主官，应当经过基层领导岗位、机关中层岗位和班子副职的历练，特别是任正职前必须经历班子副职，拔苗助长对干部个人成长和事业都是弊多利少。当然，工作的经历是不能自己选择的，但可以用心、用情走好每一步，特别是工作不顺心，做事有困难时，就当是修行锻炼和考验，这就像一个要远足登高的人，不要期望抄小路走捷径去达到目标，而是要备足行囊，鼓足勇气，一步一个脚印地坚毅前行。

立　德

知道从政为什么

政者，即众人之事，为众人之事必以公。子曰，"政者，正也"，"为政以德"。故从政先立德，德为政之本。习近平总书记多次强调，从政必须讲政德，立政德，要"明大德，讲公德，严私德"，一个人无论是做人、做事、做官，立德都是第一位的。

司马光的史书巨著《资治通鉴》从周威烈王二十三年（前403年）三家分晋开始写起，他给我们讲述的第一个故事就是晋国公卿智伯因才高德衰，最后被韩、魏、赵三家灭掉，还瓜分了晋国，这就是历史上著名的"三家分晋"，司马光评论说："智伯之亡也，才胜德也。"并提出："才者，德之资也；德者，才之帅也。"主张从政者必须德胜于才，德才兼修。

关于德的释义，《说文解字》里说："德者，得也，得事宜也。""德，外得于人，内得于己也。"意思是说，把人和人之间关系相处融洽，让别人和自己都有所得，所谓品德，就是对外把善行施于他人，使人有所得，对内存善念于心，让自己和他人各得其所。从这个解释上看，德的本义和核心是让他人有所"得"，老子之所以叫《道德经》，不是我们现在所理解的人的思想品行的道德，"道"乃天下的道理和法则，"德"是人如何行事方法和态度，符合天下大道行事，让万物各得其所，这就是德。这点明了官德的核心问题，就是要顺应事物的规律，促进社会发展，增加民生福祉，让社会、国家、人民均有所得。

我们是共产党人，宗旨就是为人民服务，从这个意义上讲，我们的官德的核心就是"为民"，让人民有所得，通俗地说，就是"为官一任，造福一方"，"兴一方事业，保一方平安"，最高境界就是"中国梦"：国家富强，民族振兴，人民富裕。所以我们说的从政之德，首先是官德之始，在于为民，为民办事，为民服务，不坑蒙拐骗说假话，不为私利损公害人等，把这些基本要求等同起来，那是做一个好干部的道德底线。官德，是从政做官的德行要求，它的核心要件应该是，愿为人民办事，能为人民办好事。

国无德不兴，人无德不立。从政立德，首要的是知道为什么，应该干什么，但这不只是笼统的空话，我认为，它至少有三个方面的要求。

第一，要有为民服务之志。权力源自人民，应当服务人民，一切公职岗位，都是为了满足人民不断增长的物质文化生活之必需，都是革命事业的一个部分。从政就是要在这个岗位上为人民服好务，党的事业就是人民的事业，党的理念就是执政为民，如果只是为了谋取个人价值，认为从政会让人高看一眼，掌握一定的权力和社会资源，可以带来利益之便，那在起点上就误入了歧途，殊不知，权力是一把双刃剑，稍有运用不当，就会伤及自己。能力和机会可以决定你登多高，而品德和修为才能决定你走多远。

第二，要行为民担当之责。俗话说，"当官不为民做主，不如回家卖红薯"，一语道破从政必须担当有为，要以民为本，想人民之所愿，急人民之所盼，在事业发展和人民利益的重大事项上，要不畏艰难，敢于担当，勇于负责，不能只做太平官。纪晓岚在《阅微草堂笔记》中曾很形象地讽刺到，当一名庸官死后到阎王那里炫耀自己一世为官两袖清风时，阎王痛骂他庸碌一生，没为老百姓办一件实事，就是个尸位素餐的"木偶"。

第三，要干造福人民之事。为人民造福办实事，嘴上说容易，但行动起来不容易。因为为民之事，有简单的，也有复杂的；有个体的，也有群体的；有涉及眼前利益的，也有事关长远利益的。简单的、个体的、涉及眼前利益的好办；复杂的、群体的、事关长远利益的就难得多，特别是事关长远利益的却总有群众不能一下子理解时，能坚持作为更不容易。这使我想到林县红旗渠的修建过程，杨贵书记带领全县在非常艰难的情况下坚持修成这条"人工天河"，这是他在县委书记任上干的造福子孙后代的最大实事和政绩。

所以说，为政之德，就是为民服务之德，乐为人民服务，愿为人民干事，让人民有所得，才称得上有官德。

胸怀大局方能做好本职

古人云:"不谋万世者,不足以谋一时;不谋全局者,不足以谋一域。"从政先明德,明德必有志,如果说明德是根本,胸怀就是格局。一个人,无论处在哪个层面工作,都要胸怀大局,只有心怀天下,情系人民,胸有全局,才能做好一方或一个部门的工作。

首先要胸有全局,把握大局。从政犹如在时代的河流里行船,大局在胸则方向明,方向明才行得稳。《习近平谈治国理政》第三卷中指出:"领导干部要胸怀大局,一个是中华民族伟大复兴的战略全局,一个是世界百年未有之大变局,这是我们谋划工作的基本出发点。"大局是方向、是根本,思考问题,研判形势,谋划工作,都要从全局的角度去分析,找准本职工作的方位和着力点,掌握重点工作的趋势和规律,明确自己应该做什么,不能做什么,应当怎样做,学会应对各种复杂的情况和风险,始终保持战略定力,把握工作的主动权。

其次要有高一个层次的思维和视野。思考和谋划工作,要眼睛向上向外,要站在高一个层次的角度来看问题;抓工作落实,则眼睛向下向内,依靠自身力量来推动工作。在部队当班长时我就常想,不要以为身在基层怀才不遇,如果遇到战争的紧急情况,让你带一个连,甚至更多的兵,你能否胜任,指挥若定。我主张,当科长要有局长的视野和能力，工作才会出彩，同理，当局长应为站在全市的角度思考问题，工作才会有地位。站在高一个层次看问题，才会找准你工作的位置，知道从哪里着力，如何抓出有影响的工作。如果按照"彼得定律"，每个人都上升到一个自己都不能胜任的位置来工作，那就没任何效率了。

最后要有无我，情系人民的情怀。情怀是胸怀的一种体现，也反映了一个人格局的大小，有情怀就会善待下属，善待群众。善待他人，就不会气量狭小，遇事心烦气躁，对人苛刻挑剔，而是心平气和，坚韧克制，海纳百川，可容万物。孔子关于"仁"的一个重要思想，是"立己达人"，即"己欲立而立人，己欲达而达人"，就是说自己想成功首先让别人也能成功。古罗马皇帝马可·奥勒留在《沉思录》中说："人们是彼此为了对方而存在的，那就教育他们，帮助他们。"一个古代帝王尚有如此胸怀，何况我们以为民服务为宗旨的共产党人。

全局视野和高一层次的思维，通过学习和工作经历的积累，可以提高，至少可以具备基本的观念，但心有苍生情系人民的情怀，不仅是通过学习可以获得的，它涉及一个人的本质、志向和品行，这可能与一个人幼年志向和成长经历有关。一般来说，小时候吃过苦，知道做事的艰辛，在基层工作时间长，比较了解体察民情，幼年时志向远大，成人后有了社会平台，可能会做出一番事业。东汉有个人叫陈蕃，他少年好学，胸怀大志，一次他父亲的老朋友薛勤来看他，见他住的院子杂草丛生，污秽满地，就问他："为什么不打扫一下屋子以招待宾客呢?"陈蕃说："大丈夫处世，应以天下为己任，何必在意一间屋子。"薛勤说："一屋不扫，何以扫天下?"从此陈蕃注意从小事做起，终成一代名臣。北宋名臣范仲淹，幼年丧父，随母改嫁，发奋苦读及第，多年在县、州府为官，深察民间疾苦，才有了"先天下之忧而忧，后天下之乐而乐"的博大情怀。

　　俗话说，"人上一百，形形色色"，在我几十年的职业生涯中，确实遇到过一两个"万事己为大，不管他人嫌"的人，与这种人共事，就像背上时刻有蚊虫在咬，嘴里吃了苍蝇那样难受，但又必须得面对，这从反面帮助自己遇事要考虑周全，要磨炼自己的忍耐力和意志力，学会在挑毛病的环境下工作。自己担任主官的十多年，工作上的最大难题，不是各项业务工作，而是处理人事上的遗留问题，清理临时人员和缠访。临时人员是机构分设初期管理不规范带来的，每个人情况千差万别，实行"一刀切"清理，尽管把优惠政策用尽，也很难满足不同情况的诉求，有人从小就在税务部门当协管员，工作辛苦待遇低，但干事兢兢业业，业务也比较熟悉，一晃人到中年，现在要人走人，一下难接受，有怨气，很正常。可我们在这岗位上，不处理遗留问题不行，处理又不能帮别人解决问题，只能有气让别人出，让别人埋怨，甚至挨骂，用时间换空间，在消磨中等待转变，这需要有一种静心以待的态度和"生活虐我千百遍，我待生活如初恋"的情怀。每当遇到难题时，自己就扪心自问，我们是否站在群众的角度思考问题，对群众的诉求是否足够重视，为群众办事的是否把政策用好、用足，当群众的诉求一时无法满足对我们怒气冲动时，是否还耐心忍让去化解矛盾，对于曾经误解甚至顶撞过你的人遇到了困难，你能否心平气和地援之于手，如果能做到这些，虽不说有多大情怀，至少有一颗为人民服务的拳拳之心。

不要想着捞好处

早年，孙中山创办黄埔军校时，门口贴着一副对联："升官发财请往他处，贪生怕死莫入斯门。"横批："革命者来。"开学典礼上，孙中山勉励师生一生都不要存有升官发财的心理，不要钱，不要命，爱国家，爱百姓，只做救国救民的事业。黄埔军校培养了一大批抗日名将和民族精英，包括我党许多优秀的高级将帅和栋梁之才。战争年代，革命不能贪生怕死，现在和平年代，从政不能怕苦怕累，也不要想着当官发财。

古往今来，中国传统文化一直把清廉自律作为修身从政之本，德者政之本，廉者德之本。习近平总书记指出："一个人能否廉洁自律，最大的诱惑是自己，最难战胜的敌人也是自己。一个人战胜不了自己，制度设计得再缜密，也会'法令滋彰，盗贼多有'。"并明确强调："当官发财两条道，当官就不要发财，发财就不要当官。"

然而，虽然历代有名训，各级规定明确，纪委利剑高悬，还是有人如飞蛾扑火，不惜以身试法捞取好处，究其原因，首先是"三观"不正，经不起利益的诱惑。"三观"不正，精神必然"缺钙"，没有什么理想信念，遇有利益就不择手段，甚至挖空心思，讨要索取，在这种人看来，从政就是实现发财梦的手段，既有社会地位，又掌握一定资源，有权不用，过期作废。有的人，在他事业高峰时期就是吞噬社会利益最多的时候，最后免不了遭受报应，名利两空。其次是失衡的攀比思想，人都在现实中生活，从政也是一项职业，而且是要承担责任风险勇于奉献的职业，有社会就有差别，有职业就有比较，问题是怎么比。如果有了一定地位和资源，不是比贡献、比担当、比责任，而是比待遇、比利益、比捞钱，特别是社会上收入不公，明星出场费动辄几十万、上百万，富豪大款坐豪车高消费一掷千金，企业家老板或高管都是身家上亿挥金如土，这样比自然落差就很大，有了利益就不愿放弃。如果与为国捐躯的先烈比，他们舍生忘死什么也没有享受；与改制时的下岗职工比，他们工作了大半辈子还得从头再来；与普通工人农民的生活比，他们每天要艰辛劳作而我们却坐吃国家俸禄，这样比，就会甘于清贫，守住清廉自律的底线。最后是百密一疏的侥幸心理，捞取好处的事总是隐秘进行的，以为天不晓地不知，不会有问题。破除侥幸心理的关键是慎独。东汉时昌邑令王密曾趁夜怀金十斤去看恩公杨震，曰："暮夜无知者。"杨震说："天知，神知，我知，子知，何谓无知。"王密只得惭愧离开。

为什么当官不能发财，而商人逐利则正常，因为道之不同，当官用的是公权，公权私用，为一己之私谋私，就会造成权力滥用，社会资源配置错位，与公权为公的性质背道而驰。古人云："政在去私，私不去则公道亡。"习近平总书记指出："公权为民，一丝一毫都不能私用。"我认识的一个朋友，原在比较清静的部门工作，还能把握自律，后调任地方政府主官，环境变了，思想观念也发生了变化，在一起时经常谈论哪个企业家一年赚多少钱，哪个朋友做项目身家上亿，感叹当官只在为人作嫁衣，自己收入太低，结果没几年，终因在招商卖地时捞取好处而身陷囹圄。当官谋发财，则政事衰微，上有所好，下必甚焉，于是争相逐利，互相攀比，想方设法敛财，甚至敲诈欺压百姓，尽手中之权力，饱一己之私囊，带坏社会风气，伤及民生，积怨生隙，影响执政形象。当官谋利，还会带来吏治腐败，既然有贪，就有善于钻营之人投其所需，对下巧取索要，对上逢迎讨好，跑官送官。钻营投机之人的得志，就是对勤勉清廉者的打击，就会世风日衰，失去民心。

当然，不捞好处是指制度规定之外的利益，不是不要正当的个人利益。马克思主义是唯物论者，认为人在社会上生活，首先要吃穿住行，从政者也有家人、朋友和正常的人际往来，但不能因私害公，谋取法外之利，要公私分明，先公后私，克己奉公。不能把清廉自律与正当利益对立起来，尤其不能以清廉为名忽视关心干部群众的正当利益。历史上有故作清廉沽名钓誉之流，实际上没给百姓带来任何利益，现实中也有"清廉"口号嘴边挂，背里实则是大贪的蛀虫。明初曾秉正在朱元璋手下为官，曾官居三品通政史，后罢官回乡，因为官清廉手头拮据，竟卖小女儿凑路费，朱元璋知道后大怒，认为有悖人伦，处以宫刑。朱元璋是非常痛恨为官贪腐，而对在他身边工作连返乡路费都不够的清官，为何惩以宫刑，可能是有悖人伦之常情，以己之廉显朝廷之恶，有点沽名钓誉的缘故吧。所以，清廉应该是合天理常性，让人能够接受可以做到，不是为了博取名誉而故唱高调的作秀。

别把自己当成官

官从民中来，复又归于民。对于绝大多数人来说，当官从政只是人生的一个阶段，人不可能一辈子在领导岗位，总要退下来休息，人生就像一条抛物线，从起点逐步上扬，到一定高度也就是一个人职业生涯的高光时刻，再慢慢回落到原来的位置。所以，做官是一时的、阶段性的，而做一个普通公民则是长期的、终身的，从这道理出发，我们在任上时，就别把自己当成官。

历史上一些伟大的人物，他们做着惊天动地的事情，创造了丰功伟绩，却待人非常谦和，平易近人，下基层简朴务实，与老百姓打成一片，在这方面，老一辈无产阶级革命家是我们的典范。我们在基层工作，做的都是具体的事情，每天都和群众打交道，更没必要摆架子，耍官腔，显威风，作姿态。应当把自己当作群众的一员，当作为人民服务的"公仆"，随和待人，谦和说话，平和处事。

之所以有人会把自己当成官，遇事拿态度摆谱，是因为他认为当领导要树威信，有派头，够气场，这是一种误解，领导的威信来源于一个人的品德、才能、学识、资历和曾经做过的事在群众中留下的印象，与故作姿态，显摆张扬没任何联系。一般来说，官做得越大的，经历事多，知道世界很大，做事的艰难，对人越谦和，心态越平和，对普通百姓也会尊重谦让，而一些没做过官或刚从政做点小官的，一旦上任，却傲气十足，骄矜自诩，以为这片地方都是他的，众人皆黔首，万事由己出，有点不知天高地厚的感觉。这好比知识越多的越感觉自己无知，知识越少的反而觉得自己通晓天下。古希腊哲学家苏格拉底说："知识就是一个封闭的圆，圆的圈越大，圆的外围无知的东西越多。"这话可以作为我们从政待人的参考。

　　还有一个原因，就是一些为官者认为，与下属打成一片，没有了距离感，怕说话没人听，影响执行力。这又是一个片面的认识。俗话说"人敬我一尺，我敬人一丈"，一个部门和团队的战斗力、凝聚力就应该包括亲和力，特别是人数不多层级少的单位，亲和力尤为重要。春秋时期名将吴起带兵打仗，吃穿住完全和士兵一样，曾有一个士兵行军脚上长疮，他亲自用口给他吮吸脓血，所以每位将士都拼死效命，战无不胜。据《列宁传记》记载，革命领袖列宁待人非常和蔼，很有礼貌，而且平易近人。当身边工作的同志给他小小的帮助时，他也会道谢；与生炉子的清洁工说话也是温馨和悦的；他给机关领导人写过很多便条和信件，提出应该给某些人以帮助，但从不发号施令，而是用"请求、帮助"这些词语。我们一般人没那么高远的志向和境界，但善待群众，平等待人应该是可以做到的。

　　要做到别把自己当成官，就要放下架子，从内心深处把自己摆在与群众平等的位置。职务只是分工不同，人格没有贵贱尊卑，领导在工作上可以"高人一筹"，但不是在人格上"高人一等"，要有毛主席在《农村调查》中提出的"放下臭架子，甘当小学生"的情怀。《史记》中记载春秋时期晏子相齐的故事，说晏子身为齐国宰相，名声显赫，却穿着简朴，行事低调，每次坐车经过市区时，都是很谦恭的样子，而车夫却趾高气扬，得意洋洋地挥着鞭子，车夫之妻看到后觉得很羞愧，回家后教训了车夫，车夫从此变得低调，晏子知道原委后认为车夫是个可造之才，便推荐他当了大夫。我国古代从政之德，主张位尊者要礼贤下士，为官必须平和低调，要学习老子称赞的"水德"，"上善若水，水利万物而不争"，法国作家蒙田也曾说："成熟饱满的麦穗总是低着谦恭的头，而长得空瘪的麦穗却高昂着头。"

不要把自己当成官，就要情系人民，与群众打成一片。要经常想一想，自己也是从普通农民和基层出来的，生来就是平民百姓，来自民还要回归于民，永远不能忘记初心本色。众人皆知的陈涉起义就是忘记初心本色而导致失败的，早年躬耕时，陈涉与吴广相约"苟富贵勿相忘"，起义称王后家乡人来看他，陈涉大摆威风使人感到"王者沉沉乎"，后又听谗言杀了一同起义的吴广，终因失去人心事毁功败。不要以官自居，就得与民同在，与民同乐。首先生活不能特殊，下基层轻装简行，到农户和农民坐泥土炕上一起拉家常、吃农家饭；在机关食堂吃饭也不能因工作忙不排队，不必单独留餐桌，要和大家坐在一起吃。前几年报纸上曝料，有领导参加活动让陪同人员打伞，还有县里干部下乡遇到河沟让村民背着过去，看来提倡干部下基层"三同"还是很有必要的。其次要适当参加群众的业余活动，不能只坐在台上做报告、发指示，下去后与群众保持距离；有空闲时，可以与干部挥几拍，或篮球场上跑几圈，当啦啦队助助威也是一种态度；干部职工的生日聚会要参加，而且要送祝福词，这是无形的思想工作。最后是干部职工的生老病死、红白喜事一定要看望慰问，老领导、班子成员、中层主管和二级单位一把手，必须亲自上门看望，其他人员可委托分管领导或工会代为看望。常言说得好："只有领导把人当人，群众才会把事当事。"

不为懒政无能找借口

《周易》曰："天行健，君子以自强不息。"吾感曰："政在勤，为官以克难安民。"天下之事，虑之贵详，行之贵力。从政为民，犹贵担当有为，然而现实生活中，不愿为、不敢为、不善为的情况还比较普遍，懒政怠政，无所作为，曾有文章把这种现象概括为"四懒"：脑懒，不愿思考、不会思考、不善思考，观念滞后；眼懒，不愿观察、不会观察、不善观察，思维滞后；腿懒，不愿调研、不会调研、不善调研，信息滞后；手懒，不愿做事、不会做事、不善做事，工作滞后。这种人一般乐于以会议传达方式抓工作，照抄照搬发文件，上下"一刀切"搞督办，遇事模棱两可概念化处理问题等，一言以蔽之，就是热衷于官僚主义和形式主义。宋仁宗年间有个进士王珪，才思敏捷，文采斐然，当时颇负盛名，官至参政知事（副宰相），然而在相位上十六年，毫无建树，只讲套话，不干实事，平平庸庸，在朝中只云"取圣旨""领圣旨""已得圣旨"，被同僚讽刺为"三旨相公"，这可称得上古代懒政庸政的典型，这在封建时代伴君如伴虎的环境下明哲保身尚可理解，但在"启航新征程，奋战新时代"的今天，则有害事业，贻误工作。

究其懒政庸政的原因，首先是官德不正，只是想做官舒适体面有好处，没想为民办事服务。其次是底气不足，不善审时度势把握大局，多谋善断敢于决策，遇到矛盾绕道推诿"退避三舍"，根本无法推动工作。第三种情况与德行才干都有关系，把履职当成捞取好处的手段，一边作为一边吞噬，这种人工作的出发点就是，于己有利就积极去干甚至顶风违纪乱，于己无利且有矛盾的则撂置一边高高挂起，这既是不善为也是滥作为，亦是懒政庸政的一种。懒政者为官，首先考虑的是如何保自己的官位，万事四平八稳，有矛盾推诿避让，不求有功但求无过，懒政者遇事不为，逢难不上还会找各种借口。我们常听到的，比如"这事意见难统一，不好干""这事矛盾多不好平衡，还是稳点好""这是上任留下的，我何必替人擦屁股"，还有"这事对我没好处还惹麻烦，做它干吗"，如此等等，这些借口的实质，若非无从政之德，即是少从政之能。

清代学者彭端淑说："天下事有难易乎？为之，则难者亦易矣，不为，则易者亦难矣。"为政者遇事不能推诿躲避，官职就是为解决问题而设立的，困难就是上天赐给勇为者成功的机遇，也是留给懦夫退却躺平的借口，俱难何须为官，"在其位"，就要"谋其政"。懒政在和平建设时期，从大的方面讲会错失发展机遇，从小的方面讲影响人民切身利益，因为任何事情的解决都有一个机遇，时光不倒流，机遇难再逢，该为不为，尸位素餐，贻误发展，积累矛盾，人民怨叹，干部吃亏，实际上欠了人民的债。我的一个同行，为人低调平实，遇事稳妥有余，但魄力略显不足，在副职岗位上给人感觉还不错，后来担任正职，主政一方数年，因各种矛盾难以平衡，没办成一件让群众满意的实事，临到离任才后悔感悟，愧对群众。若是在激烈角逐战乱年代，该为不为，就会导致事业倾覆灭亡。东汉末年，天下大乱，当时最有实力的是袁绍，据有冀、并、青、幽四州之地，帐下谋士众多，然而袁绍目光短浅，无经营天下之志，几次决策该为不为，第一次是沮授建议他"迎天子以令诸侯"，他听信小人之见未予采纳，后被曹操捷足先登；第二次是田丰建议趁曹操东征徐州之际出兵偷袭许都，他犹豫半天竟以幼儿患病而没下决心，错失良机，最终在官渡之战被曹操所败。曹操曾评价袁绍："见小利而忘命，干大事而惜身，非英雄也。"

懒政庸政者还会为自己寻找其他借口，把无所作为归罪于他人和外部环境，比如班子不团结，下属执行力差，没有可靠能干的人等，用责怪他人来掩盖自己的无能；或归罪于外部环境，总认为自己运气不好，刚好自己上任遇到麻烦矛盾，倒霉的事都被自己碰上，这就好比"上班为什么迟到"，因为"路上堵车"；"考试为什么失误"，因为"出题太偏太难"一样可笑。石油大王洛克菲勒曾告诫自己儿子，失败不是别人的锅，"只为成功找方法，不为失败找借口"，如孔子云："君子求诸己，小人求诸人。"有的懒政不为还有一个借口，就是怕群众讨好占便宜，这是一个错误的为官理念，共产党人执政的目的，就是要让人民有更多的获得感，在政策范围内让群众最大的占便宜，才算是一心为民的好官。2019年4月2日《人民日报》头版头条曾报道天津市郭家菜园563户人家，13天搬进新居的事，为天津市红桥区委情系人民勇于作为、高效办事点赞，并明确提出"不要怕让老百姓占便宜"，这才是从政者应该学习效仿的。

勿玩权术

通常认为，权术是统治阶级治理国家管理政事的谋略和手段，《辞海》释义，"权"为权宜、权变；"术"即手段、策略、方法；"权术"即权变之术，按这种解释，权术中既有一些实用的治政策略和方法，也有一些虚伪欺诈的骗术和投机之术，这里说的"勿玩权术"，就是不要倚仗职位和权力玩弄那些不正当计谋和手段。

古代先贤治国，主张是道之以德，齐之以礼，用大道治天下而鄙之用术。宋代思想家叶适曾说："三代圣王，有至诚而无权术。"《贞观政要》里记载，有人上疏给李世民，让他远离奸佞，李世民问"怎么判断奸佞"，那人说"上朝议事时你假装勃然大怒，仍据理力争者就是忠臣，顺服者就是奸佞"。李世民说："领导心怀诡诈，怎么要求下属正直，我以诚心治理天下，以前君王那套玩弄权术的小动作，我不愿意用。"季康子曾问政于孔子，子曰："政者，正也，子帅于正，孰敢不正？"故为政应以正率下，以德服众，待人以诚，勿以投机取巧为能，勿以伎俩权术为高。

然而，有官场就有江湖，有正道就有邪术，古往今来，大道与小术总是结伴而行，官场、商场，凡有江湖的地方都充斥着种种权术伎俩，有人还专门研究这些谋略的运用，如何揣摩意图，如何见机钻营，如何左右逢源，如何玩弄心计等，我姑且把它叫作"办公室政治"，就是坐办公室里不琢磨事，专琢磨人，研究保位挤升的官场之术。纵观历史，凡官德不正权力私欲心重者，皆善玩弄权术，古代李斯堪称高手代表。李斯郡吏出身，曾与韩非一同师从荀况求学，在秦为客卿时因嫉妒韩非才华将其陷害至死，后帮助秦始皇谋划吞并六国，完成统一大业，又建章立制，统一车轨、度量衡，居功甚伟，然秦始皇死后他与赵高矫诏逼太子扶苏自杀，立二世胡亥即位，后被赵高诬其谋反腰斩于市并夷灭三族。李斯精通律令，善权变之术，因贪恋权位私利，助赵高篡改诏书而负天下，竟被赵高这等小人忌害致死，当时人都认为李斯死得极冤。太史公司马迁在《李斯列传》里评说："斯知六艺之归，不务明政以补主上之缺，持爵禄之重，阿顺苟合，严威酷刑，听高邪说，废嫡立庶，诸侯已畔，斯乃欲谏争，不亦末乎。"认为他是罪有应得。

回顾社会上的林林总总，历史长河中的过往今来，没有哪一个人是完全靠奸诈之术和小伎俩能持久成功的，大道为公，以诚为政方是正道。《曾国藩家书》中说："官气太重，心窍太多，离朴散淳，真气荡然，尤不能苦下身段，去事上体察一番。"我们现在欣逢盛世，国家风清气正，大政方针明确，而且在基层都是从事具体工作，许多事就是要扑下身子抓落实，没必要染上官场权术之陋习，以心机技巧为能事。习近平总书记多次告诫干部："不要耍任何小聪明，不要搞任何小动作。"这是对干部立德从政的根本要求，从政为官就要"按本色做人，按角色行事"。

尽管历史有教训，现在有明令，但一些方略权术还是有一定的市场，我想这有三种情况：第一种情况是从政者觉得资历不够，基础不牢，威信不高，施点小伎俩以显自己高明，这实际上是一种不成熟的表现，如果德高望重，何须施用小计。第二种情况是心有不轨，想欺上瞒下，迷惑群众，制造矛盾，以达到个人目的，这种人永远也不会成熟，因为不知足、不知止，就如喜欢夜行的蝙蝠一样，一到黄昏就会起飞。第三种情况就是身处复杂环境，不知术难以全身自保，这犹如国家拥有核武器却不会轻易使用一样，有时可以"以其人之道还治其人之身"，这也算是一种应对复杂情况的防身之术，虽不准备应用，也要知晓玄机，难怪中唐名臣狄仁杰曾叹曰："术多则害，不足则衰。"自己在这方面也曾有过教训。有一个朋友曾经是我的上级，他颇谙权术，也常教我如何把控平衡，揣摩关系，哲身自保，但我觉得处事以公，待人以诚，没必要刻意工于心计。自己在主官岗位上十几年，虽然他对我多有帮助，他的权术建议我基本没用。心计权术可能一时得逞，但以道制术则正，以术害道则邪，玩弄权术如玩火，最终是玩火者必自焚。

常存敬畏之心

"心存敬畏，行有所止。"应当是每一个从政为官者应有的人生态度和心境。"南宋学者朱熹在《中庸注》中说："君子之心，常存敬畏。"就是告诫人们，人生在世，应常存敬畏之心，知道什么该做，什么不该做，懂得适可而止，敬畏天地，敬畏生命，敬畏自然，敬畏规律，敬畏道德，敬畏一切应该敬畏的东西。是故，"凡善怕者，必身有所正，言有所规，行有所止，偶有逾矩，亦不出大格"。一个人只有心存敬畏，才能走得远，行得稳。

近代官居高位，负天下之望，而能心有戒惧，保持敬畏，头脑清醒的，当数晚清重臣曾国藩了。在剿灭太平天国、事业如日中天的时候，他自请裁减湘军，让其弟曾国荃卸甲归田，因其自贬损抑而得善终，毛主席曾这样评价："我于近人，独服曾文正公。"1949年2月，毛主席把率领共产党人进入北平、准备执政全国比喻为"进京赶考"，"进京赶考"前夜，他一再翻阅了郭沫若的《甲申三百年祭》，希望考个好成绩，绝不做李自成。伟人在创建开天辟地的伟业时，尚对历史、对人民心存敬畏，这值得我们永远谨记效仿。

从历史哲学的角度看，人只是浩瀚天地间的一粒粟，历史长河中的一瞬，社会芸芸众生中的一个，人生之短暂，个人之渺小，应当对万事万物都应保持敬畏的态度。但从个体生命的成长过程来看，人对社会的认知、悟性和积极作用，又有其伟大的一面，不同层次的人对心存敬畏理解不同，要求也不同。孔子曰："君子有三畏，畏天命，畏大人，畏圣人之言。"这是对一个人修身做学问说的，要敬畏自然规律，敬畏位尊德高的人，敬畏圣人的教诲。2021年12月中央经济工作会议，习近平总书记提出，领导干部要悟透以人民为中心的发展思想，树立正确的政绩观，敬畏历史，敬畏文化，敬畏生态，慎重决策，慎重用权。这是对领导干部要全面贯彻新发展理念，学习历史知识，厚重文化底蕴，强化生态观念，谨慎科学决策提出的要求。还有许多人生感悟的文章，提出敬畏自然，敬畏生命，敬畏职业，敬畏自己，敬畏道德等，都是出自不同的环境、感悟和要求，我认为，作为从事基层工作的同志，最基本的要有"三畏"：敬畏人民，敬畏权力，敬畏法纪。

敬畏人民，就要情系人民，水能载舟，亦能覆舟，要牢固树立以人民为中心的发展理念，始终把人民摆在"主人"的位置，把自己摆在"公仆"的位置，俯首甘为孺子牛，想人民之所想，急人民之难，为人民办实事，做好事，行善事。敬畏权力，就要懂得权力从哪里来，应该为谁所用，要如何用权，权力是把双刃剑，用得好促进事业发展，用错位伤及事业，损人害己，尤其要谨防公权私用，随意滥用。要管住自己的欲望，把权力关进制度的笼子，让权力为人民造福，为社会谋利，为组织添彩。敬畏法纪，就要时刻高悬党纪国法的"达摩克利斯"之剑，自警自省，抵御诱惑，防微杜渐，坚守做事、做人的底线，不踩政策的红线，不越法纪的界线，永远保持清醒的头脑，举头三尺有神明，要"君子终日乾乾，夕惕若厉"，谨防大的错误。有的人之所以心无所惧，行无所止，首先与他受的教育和成长经历有关，读书少，阅历浅，视野窄，不知天地之浩渺，社会之广阔，如果再加上成长顺利，没经过挫折，一旦走上重要岗位，有了点权力，就自傲自大，唯我独尊，认为天下什么事都能干，什么事都可以摆平，私欲膨胀无止境，随心所欲没底线，直到撞到南墙，摔了跟头，才会清醒，但有时悔之已晚，代价沉重。《菜根谭》里说："自天子以至庶人，未有无所畏惧而不亡也。上畏天，下畏民，畏言官于一时，畏史官于后世。"

要做到"心存敬畏，行有所止"，我的体会是必须经常"思、学、悟"。"思"，即经常思考问一问，我从哪里来，到哪里去，应该怎么做，找准自己的角色，坚守初心，保持本色，按职尽责，知道做什么，不该做什么，什么不能做。"学"，就是多学历史、党史，以史为鉴，以史明志，想想中华民族历代仁人志士的追求和品行，共产党人为民族复兴的艰辛奋斗与牺牲，老一辈无产阶级革命家的丰功伟绩与人格，我们渺小得只是一粒尘埃，一颗螺丝钉，一株小草，向伟人看齐，除了敬仰和畏惧，任何自大傲气和私欲都会溶化无存。"悟"，就是悟透人生价值，"黄金万两也只吃一日三餐，广厦万间也只睡三尺卧榻"，身外之物，生不带来，死不带去，何须处心积虑胡作非为，触法违纪祸人害己。保持定力则静，心存戒惧则安。

愿景

上任伊始勿出豪言

刚走上领导岗位，或新到一个地方任职，一般都是踌躇满志，信心满满。履新会上，总要来一番豪言壮语，显示自己的信心和能力，以期给大家留下好的第一印象，为今后工作做好铺垫。还有的刚到任，就立马组织秘书班子，坐在办公室里筹划工作蓝图，撰写施政纲领，准备在首次召开的工作会议上大秀思路，展示才华，其实这些并不意味着是一个好的开始，可以旗开得胜，除履新会上的表态性讲话外，一切工作的思路、目标和决心，应来源于深入调研熟悉各方面情况后的决策。上任伊始，我的体会是不必豪言壮语地讲硬话，也不用三五七条地讲思路，而是先要在调查研究上下功夫。

说起调查研究，是马克思唯物主义的认识论和方法论，共产党人的优良传统，老一辈革命家都是调查研究的高手，毛主席堪称独领风骚的典范，毛主席的革命生涯，一生都伴随调查研究，亲自撰写过大量的调查报告，并明确提出"没有调查就没有发言权"，关于指挥员的部署决策，毛主席在《中国革命战争的战略问题》中明确指出："指挥员的正确部署来源于正确的决心，正确的决心来源于正确的判断，正确的判断来源于周到的和必要的侦察，以及对各种侦察材料连贯起来的思索。"还特别强调，"不打无准备的仗，方能立于不败之地"，这对我们和平年代如何执政为民，仍有指导意义，各级主官就是工作指挥员，战时"侦察"就是平时的"调查"。习近平总书记亲民务实，指出"调查研究是谋事之基，成事之道"，"没有调查就没有决策权，调查研究是我们做好工作的基本功"。他躬身践行，率先垂范，深入基层，走遍了祖国的山山水水，去工厂，进车间，到军营，上哨所，走乡村，访农户，为我们调查研究树立了光辉的榜样。

共产党人强调从调查研究出发作决策，古代的一些先贤能臣，也有注重调查研究治国理政的。传说中的大禹治水，就是通过亲临各地巡视察看并征求民众意见，最后采取"疏"的办法才治理好洪水戡定九州的。春秋战国时期的西门豹治邺也是一个突出的例子。魏文侯时，西门豹为邺县令，上任后先调查情况，访问民情，了解到那里官绅和巫婆勾结一起祸害百姓，便"以其人之道，还治其人之身"，破除迷信，惩处巫婆劣绅，率民兴修水利，使邺地重获繁荣。南宋著名诗人陆游，多年在地方为官，他告诫儿子要真做学问，"纸上得来终觉浅，绝知此事要躬行"。

调查研究是熟悉情况的向导，厘清思路的依据，解决问题的钥匙。开展调查研究，先要有一个可行的调查方案，各地各部门的情况不同，要围绕本地本部门影响发展的重要问题开展调研，不能"眉毛胡子一把抓"。地方部门的基层工作，归结到底都是发展和民生问题，应将发展的状况和制约发展的瓶颈问题作为调研重点，自己在税务部门工作，每到一个地方任职，开始的一两个月主要是下基层，跑企业，走访有关部门，围绕发挥部门职能开展调研，重点是全面摸清税源结构和增长潜力、税收管控质量和措施、干部队伍现状和群众急切期盼解决的问题。调研的方法很多，除亲自实地调研走访外，还可以采取问卷调查、数据统计、系统分析、开座谈会、广泛征求意见等办法，座谈会一定要亲自参加，参会人员应能代表各个层次各个方面的意见，对重点问题组织专班进行调研，为了扩大视野，集思广益，可以结合开展"建言献策"活动，让大家共同破解发展难题。群众是真正的英雄，生动鲜活的经验和破解难题的办法，或许就蕴藏在群众的智慧之中。

调查研究也是一门科学，必须端正态度，来不得半点的虚伪与马虎。首先要放下架子，扑下身子，沉到一线，不能搞浮光掠影，走马观花，"蜻蜓点水"；调研要切入主题，了解实情，不能漫无边际，要耍花腔，做做样子，要接地气，通下情，察民意；调研要广开言路听真话，不能先入为主，戴有色眼镜，既要听顺耳话，又要听逆耳言，尤其不能以领导自居批评人，弄得没摸到实情，还拉开了与群众的距离。规定自己，每年要用三分之一的时间下基层调研，调查研究就像砍柴过程中的磨刀功夫，"磨刀不误砍柴工"，上任伊始首先要做足调研的功课，有了扎实的调查研究，才会有正确决策推动创新发展的"源头活水"。

从抓主要矛盾入手

"一把手"好比领头雁、领头羊，是一个地方、部门或单位的总负责人，"一把手"的眼界、胆识、思路和方法，决定着一个地方、部门或单位的事业发展、社会地位和兴衰荣辱。把方向，抓大事，谋发展，应该是"一把手"的根本职责，但各地情况千差万别，部门职能各有不同。从什么入手抓起，应当在深入调查的基础上，经过认真分析甄别，来一番"去伪存真，去粗取精"的功夫；从带有影响全局发展的主要矛盾和突出问题入手，确定思路，制定目标，抓铁有痕，打开局面。

从抓主要矛盾入手，道理可能都懂，但要落实践行甚难，因为各地各部门所处的发展环境和实际情况不同。上级文件、讲话、工作规划都是总体上、原则性的指导意见，或有一些所有部门都必须做的规定动作，具体到一个部门或单位，应该怎样抓工作，从何入手，重点抓什么，达到什么目标，则完全依赖于"一把手"和整个班子的思路和决策。在管理不规范的时候，有一些不切实际盲目自为的做法；在管理规范情况下，又容易流行简单照搬照抄，上下一般粗，表态语气硬，实抓没内容的官僚主义。出现这种官僚主义的原因，是因为不需要思考动脑筋，不用受累担责，跟着说，照着做，说话语气硬，表态不含糊，虽然假大空，你也难追责。有的领导到一个地方或部门工作，情况没搞清，思路也不明，但得作姿态，语气得坚定，如此什么"几个坚决""几个服务""几个狠抓""几个压实"等，看起来是与上级保持一致，实际上是没任何实质内容的伪劣货。上面的工作报告，下面安排一个样，这个部门和那个部门的讲话，换个单位名字照样用，既不知工作要怎么抓，也不明确具体怎么做，实际上是不明情况，不思进取，懒于作为的怠政和庸政。

要想直面矛盾，抓住问题，打开局面，肯定不像在主席台上念文件方案那样轻松，也不像平时说话表态，或在办公室喝茶签文件那样简单。必须要有高远的眼光，无畏的胆识，敢于作为的精神，为民服务的情怀，务实肯干的作风。比如鄂中某市，先后经过合并调整，领导交替，跟随时代虽有发展，但步子太小，地位沦落，昔日雄风不在，虽有时代环境因素，但主要领导的发展战略变化甚大，先是"旅游兴市"，再来"工业兴市"，然后又搞几个什么"四大战略"，后来又兴起打造文旅，重心北移等，基本上每轮落后于时代进程。特别是几大战略，宏伟蓝图多，操作落地少，老百姓都不知道到底做的什么事。但后来的一任主官，任职不久，却修了一条大道和机场，老百姓至今还记得。

回想自己在几个地方部门主持工作，虽谈不上贡献，但还是想努力有作为，能为服务发展做点事。这三个地方经济状况和环境各不相同，人员禀性和民风也各有特点，但作为税务部门，都面临服务发展和税收增长问题，税收政策的执行和征管质量问题，干部队伍的结构、素质和业务能力问题，群众普遍期盼和亟待解决的切身利益问题，等等。自己就围绕这些重要问题，分析它们之间的相互联系和影响，找出症结所在，厘清思路，选好工作的切入点。

主要矛盾和工作重点的确定，不是"一把手"勇敢果断的拍板，而是与大家互动形成共识的过程。因为"领头羊"不是独角戏，决策要符合实际变成大家自觉行动，才能产生推动力。首先要全面调查熟悉各方面的情况，其次要充分与班子成员沟通，听取他们的看法和建议，最后要广泛听取不同层次的群众意见，先进的和落后的，激进的和保守的，正面的和反面的，可以结合开展群众性建言献策活动。我在三个地方工作时，任职初期和遇到重要工作时，都问计于群众，几次开展"建言献策促担当，凝聚共识谋发展"的活动，博采众人之智，凝聚众人之心。此外，对历史遗留的问题，要特别谨慎，注意方法，因为它涉及前任的作为和原班子成员的看法和感受，如果处理不当就是"没逮着狐狸还惹得一身臊"，应当小心地避开否定过去的误区，在新的角度上解决问题。最后，情况清楚了，问题找准了，症结摆明了，那就看你的作为和胆识，敢不敢直面矛盾，不畏艰难，勇于担当，决策拍板，这里最忌避实就虚，对有难度的事情借口条件不成熟，放一放，撂一撂，那就是做做样子，虚晃一枪。所以，抓主要矛盾，搞调研，找问题，作决策，须经一番寒彻骨，才如梅花分外香。

树立正确的政绩观

从政当有绩，政绩彰官德。政绩观是从政者对于如何履行职责、追求何种价值绩效的根本认识和态度。政绩观是否正确，关乎一个部门和地方的发展，也会影响班子和队伍建设，甚至关乎事业的兴衰成败。政绩观决定你追求什么、想做什么、要得到什么，归根结底，还是取决于一个人的世界观、人生观、价值观。中国历来提倡"为官一任，造福一方"。"民之所好好之，民之所恶恶之"，主张"为政之要，在富民安民"，汉代贾谊说："为人臣者，以富乐民为功，以贫苦民为罪。"意思就是说，为官者要把使民众富裕快乐作为自己的功绩，把使民众贫困受苦作为自己的罪过。我们共产党人要以"为人民服务"为宗旨，要践行"以人民为中心"的发展思想，更要有正确的政绩观，勤廉务实，勇于对人民负责，真正做到"权为民所用，情为民所系，利为民所谋"。

要树立正确的政绩观，必须看淡个人名利，要有功成不必在我的精神，还要经得住现实的各种诱惑，甘于平凡，不图虚荣，唯民唯实，方有可为。我认为，现实中必须面对和迈过四个思想上的坎。

一是绩效考核争名次。绩效考核肯定有必要，但绩效的指标大多是显性、可以衡量的，有些指标能反映真实工作状况，有些指标并不一定切合本部门实际，而有些自创性、打基础的工作可能无法纳入考评指标，考核只能考"显绩"，"潜绩"却无法衡量。试想，20世纪60年代如果有一系列考评指标，也不会考核出"红旗渠"这样的项目来，一些累在当下利在后代的事，都是当时的考评体系评价不出来的。如果考评指标符合本单位工作目标，那自然上下皆好；如果指标体系不能包含本单位必须要做的重要工作，宁愿不争名次领先，也不要削足适履，放弃为民服务之实。

二是急于总结当典型。履新主政，自然都希望旗开得胜，快出成效，进位添彩，但如果急功近利，一件事刚开始做就急于总结汇报，甚至不是务实利民的实事，虽能得一时之功，时间一长，弊端自现。我在鄂北某市工作时，邻近的一个部门，主官上升没多久，实施了一套从严管理的办法：上班打卡签到，下班刷脸留痕，每日一学，每周一小考，每月一大考，随时检查抽考，很快上报成为典型，也为自己博得名声。然而形式大于内容，重惩罚少激励，刻薄寡恩，仅把干部群众当作监管对象，时间一长，人心浮动，矛盾凸显，最后把自己也搭进去栽了跟头。要真正谋发展，办实事，不应图一时之名利，要真正做实工作，只做那些"显山露水""表面光鲜"的事，群众并不会买你的账。

三是贬损前任树政绩。用否定前任来树自己是非常愚蠢的，这等于给自己"栽刺"，因为今天别人是你的前任，明天你是后人的前任。现在科学发展规范管理环境下，这种事可能已不多见，但在原来冒进躁动的情况下，这种事常有发生。有的地方是换一任领导就换一种思路，尤其在项目建设上，你定的我就暂停"下马"，自己拍板"另起炉灶"以显政绩。前些年，我一个朋友的单位，领导刚换找不出什么项目，就重新改造食堂和厕所，食堂加几张桌子凳子，换一个摆法，厕所换个地方，加几个蹲位，提高点洁具档次，就当实事政绩。如确属必须尚可理解，如果仅为"拼凑政绩"去折腾，确实大可不必。

四是面对矛盾怕担责。现在环境好基本没什么遗留问题，原来在发展初期或管理不健全时，遗留的问题较多，特别是人员包袱和项目建设上，矛盾突出，任何一个问题都牵一发而动全身，而且直接关系到广大干部职工的切身利益。如果为，则要直面矛盾，承受压力和风险，还有无数的麻烦，磨得你日不甘味，夜难安席；但如果不为，则矛盾越积越多，贻误事业，最终损害人民群众的长远利益，这就要有"渡尽众生方成佛"精神，越是艰险越向前，而且有些事做了还要甘当无名英雄，摆不上政绩总结的桌面。自己曾在三个地方主持清理临时人员的工作，为两个地方妥善解决了基本建设上的遗留问题，虽然是集体群策群力，自己也算未负民望、心有所安吧。

最近，习近平总书记在 2022 年春季中央党校全国中青年干部培训班开班仪式上的讲话，要求年轻干部要树立和践行正确政绩观，练就过硬本领，发扬担当和斗争精神，并提出"共产党人必须牢记，为民造福是最大的政绩"。可谓一语中的，为民造福，让人民群众利益最大化，这应当是我们衡量政绩的根本标准。

不能只有"三板斧"

　　工作开局虽难，但要持续发力更难。《诗经·大雅》里说"靡不有初，鲜克有终"。意思就是说许多事不是没有好的开始，而是很少有人能善始善终的坚持。《贞观政要》中李世民与魏徵论政事兴衰，非常赞同这句话，感叹"有善始者实繁，能克终者盖寡"。刚开始的时候信誓旦旦，志气昂扬，慢慢地松弛懈怠，淡忘初心，最后政事衰败，重蹈覆辙。我们做事抓工作，不能学《隋唐演义》中的好汉程咬金，遇事只有"三板斧"，没有其他招数。当然，如果上任初始，有问题亟待解决，这"三板斧"是必要的，就像人们常说的"新官上任三把火"，但这把火要烧到点子上，如果仅为了显能力、树威信，自己生些事来或小题大做，那就犹如塞万提斯笔下的堂吉诃德骑士，挥舞着长矛与风车作战来显示自己的勇敢，实则没有必要。

　　政贵有恒，做什么事都要有恒心和毅力。从政是一门学问，也有它的基本规律，任何事物都有其自身的特点和规律，其成长发展也有一个过程，如果期待通过"三板斧""几把火"就会立竿见影，把一项事情做出成绩是不现实的。一项有影响的工作，前期总要经过许多基础性的铺垫和付出；一件造福后人的事，总是要通过持久努力才能做成。大寨大队把原来地少、沟烂、石头多的贫瘠坡地，修造成年年高产的水平梯田，完全靠人工苦干坚持了十几年；"人工天河"红旗渠在艰难的情况下前后花了 10 年时间才完全竣工；被习近平总书记誉为"四有书记"的谷文昌，在福建东山县主政期间，带领干群治沙造林，建坝筑堤，修路建港，把一个荒岛变成风景如画的宝岛，整整持续干了 14 年；没有一项真正的事业是可以一蹴而就轻松完成的。为政理事，欲善其为，必须"守正笃实，久久为功"。守正，则有坚定的目标，笃实，才会长久地坚持。

要避免一时热情，有始无终，首先要有战略眼光和长远打算。每个人的工作时间都是有限的，在一个地方任职，短则两三年，长则五到八年，是任职之短暂，事业之无涯。但抓工作不能只顾眼前，不看长远，从眼下入手没错，看不见发展则误。特别是一些基础性的建设必须要有战略眼光，如有的城市建设规划缺少全局考虑和战略远见，一些道路总是修来改去的折腾，许多小区建设基本上没解决下雨积水排渍的问题。我认为，一项重大的基础性建设，至少要往后考虑三五十年，一项重要的工作决策，要往后考虑一二十年，一个具体问题的处理，要考虑当时的政策和全局的平衡。如果缺少战略眼光和长远打算，东一榔头西一棒子，找不到当前工作与未来发展的联系，就难以久久为功。

要不断克服心理上的惰性和松懈情绪。人天生有一种惰性，总想轻松悠闲，没有目标和压力，如不鞭策之，就难自励前行。尤其在工作一段时间后，发展势头好，工作比较顺，人心也很努力，就容易滋生松口气歇歇脚的思想，惰性就会随时侵扰你的思绪。要想持久发力，就得时时警惕自励，"战战兢兢，如履薄冰"，对工作要长打算，短安排，一步一个脚印，既避免远而不及，望而生畏，又防止滋生自满，松弛懈怠。要能静下心来，经常思考工作的发展与得失，用一流的标准激励自己，古人云："政如农功，日夜思之，思其始而成其终。"

要做到恒久有终，还要善于排除各方面因素的干扰，在复杂的情况下保持定力，方能咬住目标不放松，持续善为出成效。任何工作都在特定的环境中进行，一个部门的工作总是与各方面发生千丝万缕的联系，要目标如一地抓好工作，既要适应环境，又要借助环境，还要排除不正常外部因素的干扰。我认为，影响基层沉下心来抓工作、耗费时间最多的：一是大大小小的各种会议。就会议而言，一天至少有三分之一的时间在开会，会议集中的时候，有时连续一两个星期不间断，多的时候一天两三个会，而且绝大多数会议强调，必须"一把手"参会。有实际内容的会自然必要，对一些与本部门关系不大的会，我的做法是，一边听会，一边思考自己的工作，传达和务实两不误。二是各级各方面的检查和考评。对于各种检查和考评，涉及部门工作质量、绩效、地位、荣誉，有的甚至关系到干部群众的切身利益，自然不能马虎；对于务实能真正促进工作的检查和考评，要做好做实；对于例行的程序性检查，据实以陈，做好解释沟通。三是有时遇有突发情况也可能导致工作暂时中断，这就必须应对及时，平时有预案，临事沉稳果断，处理得当，不然将会分散精力，影响既定工作的持续与推进。

用扎实的事推动工作

任何工作都是由具体的事组成的，岗位因事而设，工作因事而立，功业因事而成。过去常说，"吃透上情，摸清下情"，再定盘子，安排工作，这话俗理不俗。和平建设时期，工作中最容易滋生照搬式贯彻，原则性安排，口号式强调，"蜻蜓点水式"落实的官僚作风和形式主义。经常可以看到，一些工作报告、讲话、安排、会议材料，篇幅冗长，内容雷同，都是从重要意义到统一认识，从增强原则到加强领导，从抓好落实到强化追责，但就是看不出到底要做什么事。至于语言文风，大多是互相转抄，先是解释辅陈，然后延伸排比，最后叠加回转，语气硬，概念多，但落实起来无法下手。毛主席曾痛斥过"党八股"的第一大罪状，"空话连篇，言之无物"。现在虽不全是空话，但大多是套话，我们可以把它称为"官八股"，一篇工作报告和讲话，如果没有明确的具体事项，人们不知道究竟要做什么，那这些报告和讲话基本就是浪费时间和人力资源的一叠废纸。

用抓具体的事来推动工作，应当是做基层主官的一个基本工作方法。首先要确定抓什么事。基层工作的事多而杂，涉及方方面面，不能把开一次会、拟定签发一份文件、统计上报几组数据这些日常事务也算做一件"事"。主要领导要抓的应当是事关全局的事，要根据上级要求结合部门职能和本单位实际，确定该干什么，抓什么，达到什么目标，"一把手"要抓大事，谋发展，首要的事就是明确本部门和系统在一段时间内，要抓什么事，有的是阶段性的，有的可能要一年接着一年干。工作安排必须事项确定，重点突出，标准明确，责任清楚，不搞模棱两可的原则性要求，不搞没有实际内容条条款款，有了具体的事项和标准，工作才有抓手，党的路线方针政策和群众的期盼才有落脚点。

要善于以小见大，用典型推动工作。抓典型是常用的一种工作方式，俗称"解剖麻雀"，它是矛盾的普遍性与特殊性辩证关系原理的具体运用，个别体现一般，个性包含共性，个别的、具体的事情可以反映整个工作中共性矛盾和规律。我在鄂北某县乡镇分局调研时，发现他们税收资料整得很规范，没有因税源分散、人手紧而影响内部管理，我细问其详，原来他们每到申报征收时，打破管户限制，人员统配合作，到每个乡镇流动征收，并适当简并征期，回来后资料分户整理各司其职，征收和管理两不误。我觉得这个办法对乡镇税收征管具有代表性，便鼓励推广，还为每个基层单位定制配备了流动征收车，既避免了纳税人跑路，又提高了零散税收征收效率。抓任何工作，都要有一双慧眼，见微知著，发掘典型的意义，树好样板，以点带面，推动面上工作。

善于抓突出矛盾，解决好共性的问题。共性是工作中普遍存在的矛盾，这些矛盾可能来源于基层一线的普遍反映，也可能是在上级调查督导的过程中发现，它的存在会影响工作进程和效率，甚至会成为制约工作发展的"瓶颈"。如在推行税收管理信息化工程二期、三期过程中，都存在这样的共性问题。二期的主要问题是入网率和遗留数据处理，处理不好会影响征管质量的提升和绩效考核的正确评估，通过多层面汇报协调，上抓权限修改完善，下抓督查落实，才得以解决。三期的突出问题是数据量大，时间要求紧，仅凭内部力量加班加点也很难完成，只有拓展思维，把不涉及税收政策的部分实行劳务外包，确保按全国统一规定时间上线运行。主要矛盾就是工作中的"拦虎路"，要有"武松打虎"的勇气和功夫，方能推动工作发展。

要坚持抓事管人并举，以人促事，以事立人。任何工作都靠人去做，不能只见事不见人，在抓事的过程中抓好人的思想、情绪和素质，用人的创造性活力和热情助推工作，特别是在推进重要工作的进程中，一定要伴随着开展爱岗奉献、业务竞技、建功立业等先进标兵的活动，让人人敢于作为，个个乐于奉献，调动每一个人的积极性，推进工作千帆竞发，百舸争流。

抓工作的方法还有很多。但只有具体的事，才能把工作串在一起，形成抓手，一件件具体的事，连接着工作的方方面面，它既像向上攀沿的小路，又像跨越困难之河的线索，抓住了它，就会步步留痕，层层迈进，各种概念的要求都是灰色的，具体的事才有鲜活的生命力。

让群众有更多的获得感

为民造福是共产党人的政绩观，而让群众有更多获得感则是如何践行落实。从国家层面来说，这些年的"脱贫攻坚战"和近几年的全民抗击新冠肺炎疫情就是很好的例子，它既充分彰显了社会主义制度的优越性，又反映了共产党人执政为民的理念，习近平总书记殷切嘱咐"扶贫路上，一个都不能少"；面对新冠肺炎疫情，又强调，"把人民的生命安全和身体健康放在第一位"，让人民群众有更多的获得感、幸福感、安全感，"脱贫攻坚战"的全面胜利和新冠肺炎疫情防控使中国在全球的损失最低，为我们树立了如何践行人民至上，勇于对人民负责的光辉范例。我们每个人的社会角色不同，每个地方的资源禀赋和环境不同，每个部门的工作职能不同，如何让党的政策生根落地、惠及民众，基层领导起着关键性作用。

第一，要围绕部门职能发挥作用。一个地方就是一个小社会，政府职能方方面面，但最根本的问题是民生与发展，当然，还有公平正义和安全感。做基层工作，要使党的各项方针政策落到实处，让人民得到实惠，还是要立足本职，服务全局，把本部门的职能作用发挥好，高效、高质量地完成各项工作任务，就是对民生发展的最大贡献。我在鄂北某市工作时，那座城市比较年轻，经济基础底子薄，财政收入较低，与一个市的发展和民生要求很不相称，市主要领导要求我们加快发展，争先进位。我自己从调查研究入手，全面摸清税源结构和增长潜力情况，强化措施，广辟税源，严格征管，从严打击偷逃税行为，三年内税收收入翻了一番多，五年增长了两倍，为地方发展尽了绵薄之力。在工作中自己还总结提出了"三个有利于"的基本原则，即只要有利于经济发展和税收收入的稳定持续增长的，只要有利于加强税收管理和提高征管工作质量的，只要有利于提高干部队伍素质和改善工作环境的，都应当努力支持，主动作为，积极去做。

第二，要抓住群众普遍关心的问题办实事。群众普遍关心、反映强烈的问题，事关人心的聚散、工作的热情与质量，一句话，干事业的积极性。我到鄂北某市工作时听到的第一条也是最集中的意见，就是办公条件差，基本建设欠账，我履新时省局领导交代的一项主要任务，就是解决好基本建设的欠账问题。当时的情况是，市局机关在一所置换的旧房办公，没有正规的信息化库房，大量的税收资料和票证也无法集中存放，两层楼只有一个卫生间，有时为上厕要排队。基层单位办公条件就更为简陋，有的是暂借的，有的是危房，特别是服务纳税人的办税大厅过于狭小拥挤，不能满足信息化管理的要求。于是，我们班子统一思想，专门制定方案，按照先基层后机关、先纳税服务场所后内部办公设施，逐项进行改造和改建，在省局关心指导和市委市政府大力支持下，经过三年努力，全面完成了基础设施的改造改建任务，提升了服务纳税人的质量，税收信息化条件大为改善，办公环境焕然一新，极大地凝聚了人心，激发了广大干部群众干事创业的积极性。

第三，要把纳税人的满意作为工作的追求。纳税人是我们的衣食父母，不能仅把纳税人作为工作对象，只管理不服务，纳税人是社会财富的创造者，是税收收入的来源，失去了纳税人的创造和支持，税收收入将成无本之源，要牢固树立从经济到税收的思想，善待纳税人，服务纳税人，支持纳税人，感恩纳税人。把纳税人的诉求作为工作第一信号，认真对待，积极作为，对国家颁行的各项税收政策，要及时上门服务，对复杂的问题组成专班调查处理，对重点纳税人要亲自走访，对损害纳税人利益的事要严肃处理并向社会曝光，要践行挂牌服务，实行首问负责制，定期召开所辖范围的纳税人座谈会，听取意见，闻过则改。要以简单、方便、快捷、利民为标准，改进服务和管理，把该做的事做好，把该做的工作做到位，最大限度提高纳税人的满意度。

第四，要在政策范围内落实好干部群众的正当待遇。正当待遇是国家政策的赐福，体现党组织的关怀，也是一个人为社会工作付出的报酬，不能提倡努力工作勇于奉献就调门高，提起干部群众的正当待遇就心有忌讳。不能搞一些空洞的说教式教育，延安抗战时期，毛主席就在《经济问题和财政问题》一文中强调："一切空话都是无用的，必须给人民以看得见的物质福利。"凡是国家政策明确规定的，都应当主动落实；对各地制定的与工作绩效挂钩的激励性奖励，要努力作为争取确保；对本单位普遍反映的共性需求，应当在不踩政策红线的情况下尽力解决。一个只问工作不关心群众福利待遇的领导不是好领导，怕群众讨好占便宜就没有格局。不要小看机关职工食堂，办好食堂，让干部群众吃得高兴满意，增强部门荣誉感和职业自豪感，这本身就是凝聚人心的思想政治工作。对干部群众在"双休"和法定节假日加班值班的，应当按政策落实补贴。有一段时间清理滥发津补贴，有人主张取消加班补贴，我认为，在群众福利待遇上，不能矫枉过正，国务院有明文规定，干部也是职工，职工就是在职工作人员，应当继续落实，后来上级也发文规定继续执行。工作应强调拼搏奉献，但正当福利待遇也不能缺位，群众利益无小事，要有"些小吾曹州县吏，一枝一叶总关情"的情怀，察民心所需，行民心所愿，最大地提升人民群众的幸福指数和获得感。

营造良好的干事环境

人都是在特定的环境中生活和工作的，一个部门就是由不同职责、不同个性、不同需求的人组成的社会系统。干事环境，简单地说，就是一个单位的政治生态、工作风气和人文氛围，是以人为核心在实现部门共同目标的同时也满足不同成员个人价值的团队文化。好的环境，可以激励人们想干事、多干事、干好事，而且心情愉悦有认同感和成就感；差的环境，人们怕干事、懒干事、敷衍事，而且心情压抑焦虑缺少归属感和安全感。一个部门的干事环境如何，关键看领导班子，"一把手"起着主导作用。有人曾把"一把手"的工作概括为"抓大事、做决策、用干部、破难题、搞协调、造环境"，虽不尽准确，但"造环境"的确是"一把手"应该抓的重要事情。

20 世纪 80 年代有一本商业畅销书叫《追求卓越》，被《福布斯》杂志评为"20 世纪商业畅销书管理类榜首"，书中总结了卓越管理的"八项原则"，其中四条如自主创新、以人助产、价值驱动、宽严相济，都是讲如何鼓励创新、激发职工生产热情、用共同的价值观激励、打造优秀企业文化的，其实质是营造一个良好、积极向上、有持续竞争力、追求卓越的干事环境。作者对传统的基于"科学管理"思想的解析、定量方法和依赖"管、卡、压"的手段提出了批评，认为人的因素是管理的核心，营造基于共同价值的人的主动性、互动传导和情感认同的环境氛围，才是创造卓越的基础。这正如早期管理学中的"霍桑实验"表明，人不仅是受金钱刺激的"经济人"，对人的尊重认同所产生的自豪感更能激发人的潜能和工作积极性。

第一，营造好的工作环境，首先领导班子要正，能起引领示范作用。正，就是正道，正派，正气，风清气正。大寨人曾有句话："村看村，户看户，群众看的是干部。"领导班子要有强烈的事业心，身要正，心要齐，事要实，行要廉。要有科学的发展观，正确的政绩观，步调一致的大局观，大局观的核心是班子成员要团结，要共同谋事，和谐共事，公道处事，齐心干事，班子团结就是战斗力，能凝聚人心干事业。班子不团结，再好的目标规划也难以落实，再精彩的教育报告也没有说服力。班子是否团结，关键看"一把手"，"一把手"的气度、胸怀、格局直接影响班子成员的团结，一个地方和部门班子长期不团结，不是"一把手"把控无方，就是心怀不端。邓小平同志曾精辟地指出，领导干部的情况，"上级不是可以天天看到的，下级也不是可以天天看到的，同级领导成员之间是彼此最熟悉的"，朝夕相处，知根知底，要珍惜一起共同的缘分，讲党性，重事业，讲合作，重协作，讲信任，重友谊，相互支持，相互理解，相互包容，共同率领大家奋发有为干事业。

第二，要有明确的目标和价值导向，形成共同的愿景。做什么事，都应该有明确的目标，达到的标准，长期目标宜宏观，短期目标宜具体，职能部门和个人目标要细化，要看得见、摸得着、能落实，要围绕目标建立良好的运行机制，形成共同的价值观。要鲜明地表达，提倡什么，鼓励什么，反对什么，对想干事、多干事、能干事的同志要大力宣扬鼓励，对不干事、懒干事、闲议事的人要及时批评制止，要根据系统目标和工作环境，提炼出团队精神作为共同的价值导向，特别是要鼓励多琢磨工作干好事，反对不干事专琢磨人的现象，要把工作要点和标准交给干部群众，让他们知道干什么，该怎么干，达到什么标准，要尊重和保护好干部群众的积极性，要善于把团队工作目标和个人价值追求结合起来，让干部群众在实现团队目标时也找到自己的归属感。以团队为荣，要有"团队兴则个人荣，团队衰则个人辱"的观念，心往一处想，劲往一处使，在实现共同愿景中形成干事创业的活力和氛围。

第三，要坚持以正面激励为主，充分发挥干部群众的主观能动性。工作目标的实现总要通过一定的方式来完成，采用什么方式和手段，这涉及管理学的基本理论和方法，我从来不认为采取带有"管、卡、压"性质的所谓严格管理会是长期有效的机制，要把干部群众当作工作的主人，而不是被管理的对象，一件事，被动干和主动干，要我干和我要干，工作效能是完全不同的。要坚持以人为本，多采取正面激励的办法，调动干部群众的热情，正面激励除物质激励外，主要是以精神激励为主，精神激励方式很多，可以是当面称赞、会议表扬、典型宣传、评选"标兵能手"等。对有领导能力的，提拔重用是最好的激励；对有些长期在基层工作且有突出贡献的同志，可以让他们参加上级工作会议，参加上级组织的专业培训，外出学习考察等，也是一种很好的激励。要善于用身边的典型事迹教育干部，身边人在平凡工作中的闪光点，代表的是一种敬业奉献精神，一种团队精神的正能量，可亲、可信、可学，有着"同是一家人，润物细无声"的效果。

第四，要多途径结合，体现人文关怀。人文关怀是党的思想政治工作在新形势下的创新，是营造干事环境的重要内容，可以通过社会媒体、家庭和职工业余活动等多途径、多层次、多方式的内外造势，加强心理疏导，形成良性互动，如通过报纸新闻媒体进行系列专题宣传，开展职工业余体育竞赛，在家庭开展"争当贤内助、共同建功业"的评比活动，融合人心，凝聚正能量，增强向心力。同时，要注意关心解决干部群众的后顾之忧，特别是年轻的大学生职工，大多是各个岗位的骨干，正是干事创业的好年华，要解决好他们的住宿、吃饭、娱乐等具体问题，让他们切身感受到组织的关怀，增强爱岗敬业、拼搏奉献的自觉性。

用　人

用人先识人

　　人才是事业之本，万事由人做，兴衰皆在人。善于选拔任用合适的人才，是领导工作的一项基本功。古往今来，都强调选拔任用人才的重要性，战国时期的思想家墨子最早提出了"尚贤事能"的人才观，他认为国乱民贫的根本原因："是在王公大臣为政于国家者，不能尚贤事能为政也。是故国有贤良之士众，则国家之治厚，贤良之士寡，则国家之治薄。""尚贤者，政之本也。"据《贞观政要》记载，唐太宗李世民不止一次强调，"为政之要，惟在得人"，"能安天下者，唯在用得贤才"。共产党人历来高度重视选贤用能，强调人才关系到事业兴衰成败，毛主席在 1938 年 9 月党的六届六中全会上就指出："政治路线确定之后，干部就是决定性的因素。"一个有作为的领导，必须把识别选拔人才放在重要位置，善于识人、选人、用人。

　　识别选拔人才，首先要有正确的人才观。古人曾云："十步之内，必有芳草。"要认为有才可用，"人材者，求之则愈出，置之则愈匮"。李世民曾要封德彝举贤，然久无所举，李世民责问，封德彝说："非不尽心，但于今未有奇才耳！"李世民说："君子用人如器，各取所长，古之致治者，岂借才于异代乎？"记得有位管理学者说过，垃圾是放错了位置的人才。一代之治必有一代之才，一个地方、一个部门和单位的兴旺发达，也有赖于本地方、本部门和单位的人才，尤其是基层，都是在既定的人力资源下开展工作的，我们说的识人，就是在既定条件下，识别选拔具有某种潜质的人才，择能而任，量才适用，人才兴则事业兴，人才强则部门强。

如何识别人才，古代典籍多有记载。《六韬》中提到有八种鉴别人才的方法："一曰，微察问之以言，观其辞；二曰，穷之以辞，以观其变；三曰，与之间谍，以观其诚；四曰，明白显问，以观其德；五曰，使之以财，以观其贪；六曰，试之以色，以观其贞；七曰，告之以难，以观其勇；八曰，醉之以酒，以观其态。八征皆备，则贤不肖别矣。"刘劭的《人物志》中总结了"八观""五视"的识人方法，主张通过对人的神、精、筋、骨、气、色、仪、容、言"九征"分析，综合判定人才的基本性质、个性特征和适合什么职位。这些方法当然可以借鉴，但基层工作的人才选用，不必像专业研究那样繁杂细理，主要在实际工作中去识别考察，我认为，重点有四个方面：能力潜质、工作实绩、过往经历、群众口碑。能力潜质就是看他是否有担当重任的能力，工作实绩就是一贯的工作表现和绩效，过往经历就是他成长的轨迹和任职经历，群众口碑就是绝大多数干部群众对他的认可程度。四个方面皆优自然是可重用之才，但"金无足赤，人无完人"，总有人在这一方面或那一方面有所欠缺，这就要综合分析比较，权衡利弊，量才择用。

识别发现人才的途径很多。但主要有四种：一是自己在工作中直接发现，如下基层调研，开会听取汇报，检查考核等，与干部零距离接触，看其言辞、作风、个性、气质和能力，识别发现人才。二是通过分管领导和人事部门推荐发现人才，个人直接接触的面毕竟有限，分管领导对分管部门的干部职工最有发言权，人事部门对全局人力资源情况掌握更系统、更准确，往往能推荐合适的备选人才。三是通过考试、考评和竞争竞聘识别发现人才，相马不如赛马，赛马能扩大选人视野，给基层一线同志以表现机会。四是可以通过重要工作和重大活动发现识别人才，关键时刻能顶上去，重要活动冒出来，往往都是多年埋头苦干一朝脱颖而出的可用之才。

领导识别人才，不能简单凭印象，或戴有色眼镜，不能只看一两件事，要看一贯表现，不能只看自己熟悉的，无视自己不熟悉的，要辩证、客观、全面。要学会透过现象看本质，小心甄别伪劣不实的情况，如过于乖巧、善于表态者未必忠诚，我们要的是对组织、对事业、对人民的忠诚；善于辞令、汇报头头是道者，工作未必落实到位，这得看实际工作成效；常在领导面前表现，看似有为者，工作作风未必扎实或有真才实学，还得看他在群众中的表现和实际能力。还有一点，对干部群众普遍有异议的一定要慎重，切不可感情用事，偏听偏信，固执己见，错用误用，贻害工作。

容人之短扬人之长

清人顾嗣协在《杂诗》中写道:"骏马能历险,犁田不如牛。坚车能载重,渡河不如舟。舍长以避短,资高难为谋,生材贵适用,勿复多苛求。"这首诗通俗地说明了人才各有所长要量才适用的道理。《人物志》将人才分为"兼德""兼才""偏才"三类,"兼德"就是德才兼备的人,可担当大任;"兼才"就是多种才能突出也具有基本的德行,能担负重任;"偏才"就是具有某一方面才能的人,可以负责某一方面的工作。这对我们如何用人仍有借鉴意义。实际工作中,我们也将人才分为三类:一是综合性人才,各方面都比较优秀,适合担任领导;二是专业型人才,有较强的业务水平和工作能力,适合独当一面或负责某方面的工作;三是协调服务型人才,吃苦耐劳任劳任怨,适合从事内部事务和后勤方面的工作。各种人才的使用,只有各取所长,择能授任,互补共生,才会发挥整体的活力和人才配置效应。

不同的人才具有不同的个性和气质特征。个性特征是人们在社会生活中表现出的思想、情感、态度、行为、习惯等方面的特质,有的人乐观自信,有的人多愁善感;有的人成熟稳重,有的人急躁冒进;有的人活泼开朗,有的人冷静孤僻;有的人锐意进取,有的人胆怯守旧;等等。就个性特征本身而言,无所谓高低优劣之分,各种不同的性格,都有其优点与不足，它体现的主要是对事物的一种认知和行为方式，如刚毅坚强者，遇事可能缺乏冷静；积极开拓者，可能对困难预想不足；精明沉稳者，有可能会过于谦恭和多疑；行动果断者，又可能思虑不周和不拘细节。我们用人，就要了解不同人才的个性特质，用真所长，不责其短。明代思想家吕坤曾说："取人之直恕其戆，取人之朴恕其愚，取人之介恕其隘，取人之敏恕其疏，取人之辩恕其肆，取人之信恕其拘。所谓人有所长，必有所短，可因短见长，不可忌长摘短也。"恕，就是不计较，宽仁容忍之意。

在实际工作中，我们要做到扬人之长相对容易，而要做到容人之短则比较难。首先要有容人之短的雅量。尺有所短，寸有所长，天下没有人是绝对完美的，优点突出的人，有时缺点也很明显，人可以严于律己，力求完美，但对人不应苛刻以求，"有大略者不问其短，有厚德者不非小疵"。宽容别人，就是善待自己，容人之短，谅人之过，是一种肚量和境界。《周易·坤卦》里记载："地势坤，君子以厚德载物。"意思是君子的品德应该像大地般厚实可以承载万物，作为一名主官，应当学习像大地一样容纳百川的品德和情怀，胸襟博大，气度恢宏，能容难忍之事，能谅非己之人。《说苑》中记载的"庄王绝缨"，就是讲述楚庄王在宴请群臣时宽容大臣酒后失态无礼的故事，楚庄王的宽宏大度和善于用人成就了他的一代霸业。其次要既用其长，不责其短。人才的优劣长短都是相比较而言的，这个人的长处就是另一个人的短处，处理这件事的性格优势，在处理另一件事时就可能成了劣势。如既然用人之沉稳，就不用责备其迟缓；用人之果敢，就不必责怪其冒进；用人之精细，则不必责怪其谨慎；用人之耿直，就不必责备其执拗，等等。如宋代政治家王安石说："才有长短，取其长则不问其短，情有忠伪，则信其忠不疑其伪。"取长补短，人人皆有可用之处，取短舍长，才高于众也难适用。容人之短是班子成员团结的良方，就如一个家庭没有性格完全相同的夫妻，结婚就意味着容纳对方的缺点，如果舍长责短，就会每天斗嘴争吵，以致感情破裂。班子成员应当是性格互补，工作互助，共容互赢。容人之短在干部使用上能拓宽视野，全面客观，广辟人才，如果对人求全责备，掂掂这个有毛病，量量那个有不足，宁愿暂空编制职数，也不愿就长任用，这实际上是阻碍干部成长，贻误事业发展。

容人之短，不是避而不见，任短滋长，生弊致害。"短"是一种客观存在，也要辩证分析，如果仅是能力上的不足和性格上的弱点，对工作影响不大，可以容纳隐忍；如果涉及行为方式和作风态度，对工作影响较大，则不能任其发展。我在某副中心城市工作时，一山区县的主官，人很聪明精干，也想做点成绩，工作果断敢为，但性格急躁，过于刚愎自用，弄得班子成员互不买账，人心不齐，群众也不断写信告状，几次提醒注意仍难平息矛盾，最后只得"壮士断腕"，对其工作进行调整，尽管他一时不解难以接受，后来证明是对干部的一种爱护。我们在扬长容短的同时，再加点友情提醒，避免以短害长，也是对干部负责的护才之举。

班子分工要把握平衡互补

党委（党组）集体领导下的分工负责制，是我们工作的根本制度，也是开展工作的基本方法。实行集体领导与分工负责相结合，符合科学管理的原则，体现了效率和方法的统一。可以把主要负责人从大量繁杂的事务中解放出来，集中精力搞调查研究，谋大事，做决策，抓督办，搞协调；可以更好地发挥每一个班子成员的才能和主观能动性，在分管范围内积极主动、创造性地开展工作，增添工作活力；可以更好地贯彻落实各项工作决策，按照分工负责各司其职推动工作，提高团队效率；可以加强互相监督，防止权力失衡，畸轻畸重，确保工作健康发展和平稳有序。一个部门和单位，班子成员就是系统的高端人才，是事业直接的助手和同伴，用好人才首先要用好班子成员，对工作进行科学合理的分工。

班子成员的分工应当遵循相应的原则，既有些人从理论上探讨论证，也有些单位还专门发文件作出规定，但具体到一个部门和单位，究竟谁分工主管什么，还得由"一把手"从全局工作出发，综合考虑各位班子成员的能力素质，经过沟通酝酿后通过会议予以明确，通俗地说，就是"一把手"让谁管什么事，管多少事，科学合理的分工可以更好地发挥整体优势，如果分工不合理则会削弱整个班子的战斗力。根据我的工作经历，应当把握好以下三个方面。

第一，要体现优势互补的原则。科学管理的最基本观点就是，分工协作是提高效率的关键，国际经济一体化的分工主要是成本比较优势，一个优秀企业的立足可能具有品牌优势、技术优势、人才优势、管理优势、规模优势等，作为一个单位的班子成员，主要是看专业优势、能力优势和性格优势。一般来说，一个班子中的成员，其专业知识、能力素质、工作经历、个性特质都是不同的，有的差别还很大，这就要综合比较，按照最能发挥个人所长，又有利于整体工作来分工。一个部门的工作，基本上可以分为人力资源、各项业务、机关事务，不可能让不懂业务的同志去分管主要业务，也不可能让过于灵活原则性弱的同志分管财务，而做事不够细致缺少变通协调的同志分管机关事务也不利于工作，如果在某些工作上，几个同志都差不多，则可以根据个人意愿或全面锻炼的原则进行安排，总之，分工的基本原则，就是优势比较，互补共赢。

第二，要把握好权力平衡，相互制约。分工是明确工作，权责统一，实质上是一种管理权力和资源的分配，应当注意调配适当，保持平衡。在分管业务上，不能过于集中，防止事多的忙不停，事少的闲着看，苦乐不均；在不同职能上，如人事、财务、内部事务不能集中于一个人分管，要分开制衡；对不同的业务可以归类，分别管理或科学搭配，如一个人可以管几项业务加一项综合事务；对重要的涉及面广的专门事项，也可以单独分工，而且要遵循效率和制衡的原则，如一项大的基本建设，既繁杂又敏感，就可以成立专门领导小组，组成不同专班各司其职，既便于工作，又防止权力过于集中，建设搞上去，干部垮下来。我在鄂北某市工作时，对机关大楼及附属设施的建设，实行的是招标采购、项目建设、监督审计三分离，大事领导小组集体研究决定，具体工作三个专班由不同领导分别实施，既相互配合，又监督制约，对建设的顺利实施和安全防范起到了很好的作用。分工中还有一个重要原则，"一把手"不要给自己分工，直接分管人财物和基本建设，"一把手"既可以直接过问领导任何一个重要事项，也可以超脱不陷入任何具体事务。当然，这里说的是一个职能部门的分工，地方党委政府的分工，更多的是按职务序列和岗位设置进行分工，但基本的原则应是大致相通的。

第三，要注意分工的方式方法，和谐稳妥。一般新到任会进行重新分工或调整分工，但不必全都洗牌重来，应保持分工的相对稳定和工作的连续性，重新分工时，应分别征求班子成员的意见，酝酿通气，要相信班子成员都是有觉悟、顾大局的，不要自己考虑决定了就直接在会上宣布，万一有同志提出疑问就无法收场。分工最忌讳的是，按个人喜好和亲近程度来分工，前任留下的，自己提拔的，听话和固执的，都应该一视同仁，不要厚此薄彼，让权力过于集中能干和你信任的人，不是在帮他是在为他树敌栽刺，也是在为自己制造矛盾添乱。还有一个部门中总有几个非领导职务，也要适当分配或协管相关工作，体现整体的和谐和平衡。最后，要强调分工不分家，要相互支持配合，不能把分管当成自己的自留地，工作的"地"永远是集体的，分工只是负责耕种，统一指挥协调配合才是团队的合力。

对干部放心放手不放任

有人把领导的基本工作概括为"出主意，用干部"，这个"用"包括"任用"和"使用"，识别选拔人才放到合适的岗位是任用，让他们充分发挥聪明才智很好地工作则是使用。分工和岗责界定只是制度上规定，真正做到人尽其才，各尽所能，还要给他们提供充分的工作条件，对他们放心放手，有责、有权、有积极性，心无旁骛，竭诚尽力地开展工作。

要充分信任干部，对下级以诚相待，处以公心，对干部一视同仁，不厚此薄彼。俗话说，"用人不疑，疑人不用"。尤其是在有点风吹草动，或下属提出不同意见、有人打小报告时，不能动摇猜疑，信任使人倍感尊重和价值，激发创造活力，猜疑则是间离人心的"魔鬼"。战国时魏文侯任用乐羊攻中山，乐羊久攻不下，一时间朝中对乐羊非议纷至沓来，魏文侯仍对乐羊大加安抚，全权委托攻战事宜，最后乐羊大败中山国胜利归来，魏文侯赐给两大箱子的告状信，乐羊拜曰："大败中山国不是我的力量，而足君王的功劳。"孟子在论君臣之道时曾说："君待臣如手足，则臣视君如腹心；君待臣如犬马，则臣视君如国人；君待臣如土芥，则臣视君如寇仇。"今天的上下级关系自然不等同于过去的君臣关系，但人的情感道理却是相通的。

不要插手下属的具体事务，在分管的职责范围内由他们自己做主。要鼓励下属放开手脚，大胆工作，充分发挥主观能动性，在遵守大的原则规定的前提下，结合实际，创造性地开展工作，不要既有分工授权，又事事过问，那就会让下属束手束脚，遇到事情就会矛盾上交。在分管范围内矛盾和问题，由他们自己研究处理，下级请示汇报，也只是给出建议，由他们自己做决定，使他们有一种主人翁的责任感，既增加工作压力，也提升独当一面的工作能力。

要宽容干部的无意过失，注意容错纠错，保护好干部的积极性。有工作就会有失误，要把工作中的无意过失和谋取私利的故意行为区别开来，要有一颗宽仁之心，对改革探索过程中出现的问题，不要非难指责，要主动为干部揽过担责，让他们打消顾虑，放下包袱，继续奋发工作。习近平总书记曾强调，既鼓励创新、表扬先进，也容许试错、宽容失败。要建立起一定的容错纠错机制，保护勇担当、敢作为、有魄力的干部，为他们撑腰壮胆，鼓励其更好地带领群众干事创业。

要用好中层干部，充分发挥其独立履行某方面职能的作用。中层干部上接单位领导，下连基层群众，是一个部门承上启下的中坚。中层干部处于"兵头将尾"的位置，对上是执行者，对下是管理者，而且一个单位的中层主管都是负责某一方面的职能工作，中层干部的素质能力直接决定一个部门的工作效率，中层干部应是本项职能业务的专家，又是善于把上级决策落到实处的实干者，要鼓励中层干部独立自主创造性地开展工作，如果所有中层主管都能主动高效的工作，全局的效率就会大大提高。中层干部不能只对分管领导负责，中层职能科室是整个机关的组成部分，服从分管同志领导，既对分管领导负责，也直接对"一把手"负责，分管只是工作分工，"一把手"才是负总责。

任何事情都是辩证的，集权与分权，独揽与分散，是处理中央与地方关系的一对矛盾，也是处理内部上下级关系的一对矛盾，放心不是放任，放手不是撒手，要有分有合，放得开，收得笼，放不能各自为政，收不要统包统揽。原则上，除制度规定的重大事项外，只要不涉及全局工作、部门形象和纳税人利益，就不干预下属的具体工作。但对有些事项要履行把关责任：一是上级直接交办的重要事项，二是对上报送的重要业务工作情况，三是对外公开发布的税收政策，四是基层反映的突出问题，五是涉及损害纳税人利益的违纪行为。要围绕大局，加强监督，相互配合，形成一种既有集中统一领导，又有个人心情舒畅的良好局面。

特别强调要用好纪检组长，充分发挥"保驾护航"和安全把关的作用。纪检组长是特定的副职，他的地位是其岗位角色所确定的，一个好的纪检组长，不仅可以有效监督各项工作有序开展，也是干部健康成长的"安全阀"。在当前监督加强，反腐高压态势的情况下，纪检组长就是"工作环境"，如果是内部选拔的，要特别强调对职业的忠诚、公道正派、原则性、大局观、综合性素养及专业知识，配强、配好、用好，如果是上级派驻的，则要处理好相互的关系。纪检工作不能缺位，对违法乱纪的必须有"霹雳手段"，形成威慑力，但也不能越位，对正常工作过多干涉，专门挑刺找毛病，对不是蓄意谋私的违纪行为，还是要"惩前毖后，治病救人"，既要有"啄木鸟"的认真精神，也要有爱护干部的"菩萨心肠"。我在鄂北某市工作时，纪检组长是个非常优秀的同志，职业精神、大局观念、专业素质、务实严谨在当时同行中都是一流的，在所有重要决策上，我都认真听取他的意见，对重大的工作全程参与监督把关，作为主官，可能主要着眼于把事情办成，纪检组长就会着眼于把事办好，不踏红线，不留问题。主官与纪检组长的互相信任和良性互动，既能促进工作高效运转，又能确保队伍健康平安。

读懂人心，谨离小人

大自然的生物千姿百态，社会上的人也是形形色色，人是有主观意识最复杂的生命体，由于生活动机、教育、素质、经历、价值追求的不同，表现出对人和事的看法、态度、行为的千差万别。日本诗人小林一茶曾说："凡有人处，总会找到苍蝇与佛。"人的形形色色组成了生机各异而又纷繁复杂的社会，如人们常说，有君子，也有小人。孔子在《论语》中有许多关于君子与小人的论述，如"君子坦荡荡，小人长戚戚"；"君子周而不比，小人比而不周"；"君子怀德，小人怀土；君子怀刑，小人怀惠"，等等。这里的"小人"是作为与"君子"相对的概念，不完全指人的道德品行低下，也指生活在底层缺少学问修养没有志向抱负的人。《人物志》曾将人才按德才分为"中庸、德行、偏才、依似、间杂"五个等级，依似，乱德之类；间杂，无恒之人。乱德、间杂，皆末流，接近于我们现在说的"小人"。这里说的"小人"主要是指心术不端、品行卑劣、道德败坏之人。

古往今来都知道小人之害，需要警惕远离，但小人脸上没有写字，大家共处一个环境，也不可能给谁贴上"小人"的标签，而且小人善于伪装，巧言令色，曲意逢迎，有的是在背后暗下毒手，有的是借机兴风作浪或在得志后才露出邪恶本性的，司马光曾感叹，识人之难，连圣人也会感到困惑。春秋一代霸主齐桓公在管仲去世后，晚年被三个小人近臣谗惑着，死后几十天也没人收尸。雄才大略一统天下的秦始皇，死后竟被近臣赵高等矫诏改立胡亥，以致二世而亡。要想谨防小人，其学问之深，难于识别人才。人的才干显露出来，容易发现鉴别，小人是在暗地里行事，让人一时难辨真伪。有人将"小人"的言行表现列为六个特点：一是喜欢无中生有，造谣生事，歪曲事实，抹黑他人；二是喜欢挑拨是非，制造事端，又表面调和，两面三刀；三是擅长阿谀奉承，溜须拍马，暗中讨好，打小报告；四是阳奉阴违，言行不一，遇事甩锅，找"替罪羊"；五是嫉贤妒能，排挤他人，乘人之危，落井下石；六是善于见风使舵，虚与委蛇，攀权附势，唯利是图。从工作角度看，"小人"基本上就是喜欢耍小手腕，搞小动作，打小报告，拉小圈子，玩小花招，其核心特征是处心积虑地贬损他人，排挤贤能，伺机为自己谋取私利。这里唯有通过仔细的察、辨、悟，即察看其在人前人后的不同表现，辨别其做事待人的真伪虚实，悟出其内心潜藏的动机目的，才可能略鉴一二。

"小人"是一种社会生活的客观存在，凡是有人群的地方，总有相比较而言的小人，或者说，会有人耍一些小人的动作，既然无法完全回避，就要学会如何对待。《鬼谷子》中关于如何对付小人有三招：第一，以利使奸，小人一般看重利益，见利忘义，给予其一定的利益，便会为我所用，但切记，不可共谋大事；第二，以智防奸，与小人相处要留个心眼，谨言慎行，即使巧言要挟，也要斗智斗勇，假装糊涂，不可轻易上当；第三，以忍容奸，如果不是重大问题，许多时候都要学会忍让，若与其针锋相对，则反而惹出更多麻烦，宁愿与君子斗气，也不要与小人结仇。《曾国藩家书》中说："士有三不斗：毋与君子斗名，毋与小人斗利，毋与天地斗巧。"这应当是非常可取的。

　　具体到一个部门和单位，我们应当如何做？我的做法是：疏远、谨防、不重用。疏远，就是保持一定距离，对当面逢迎、夸夸其谈、表态讨好的要保持警惕，不能误认为这就是忠诚；对喜欢打小报告，背后告状说别人坏话的不要轻易相信，喜欢打小报告的人心里都比较阴暗，我是从来不听信打小报告的；不要与小人有任何经济上的往来和瓜葛，也不要让其参与个人的私交活动，当然，更不能与其商议谋划任何重要问题。谨防，就是要谨慎防备，常言道："害人之心不可有，防人之心不可无。"做事说话，谨言慎行，处理问题，稳妥周密；与其相对时，要特别留神提心，防止授人以柄，被其利用。时刻保持公道正派，大度豁达。正，则可以压邪；大，则小无兴风之机。不重用，就是不能让其独当一面，也不能单独负责某项重要工作，小人有时才不符实，言行不一，即使有能力也是才高于德，一旦重用可能恶性膨胀，犹如毒蛇出洞肆意吞噬撕咬，害人坏事。问题是，我们要特别谨慎地辨别小人，有诗云："试玉要烧三日满，辨材须待七年期，周公恐惧流言日，王莽谦恭未篡时。"况且不同的圈子对一个人的看法是不同的，当狐疑不决时，只有问计于群众，认真听取各方面意见，相信群众是真正的英雄，群众的慧眼总胜过几个人的主观分析，是所谓，众之所弃，无人能予。

勿与下属争功

　　《礼记·坊记》里说，子云："善则称人，过则称己，则民不争；善则称人，过则称己，则怨益亡。"这句话告诫人们，有善行成绩归功于他人，有过错不足归咎于自己，这样民众就不会发生争执，怨恨也会日趋消亡。西汉的赵广汉为京兆尹时，对官吏殷勤周到，至诚相待，"事推功善，归之于下"，官吏都愿为他拼死效力。作为一个部门带队干事业的主官，工作中有了成绩要归功于班子集体和下属的共同努力，有了过错自己要主动承担责任，切忌与下属争功，把功劳揽于自己，把过错抛给别人，"勿与下属争功"，是一个开明领导处理上下级关系的一个原则，也是聚心用人的一门学问。

　　不与下属争功，首先体现的是做事做人的一种胸怀，一种境界。天下之广，能做善为之人甚多，事兴之业，必赖有才之士协力共进，身为主官，本来就有率众开拓进取、建功立业之责，一件事做成了，领导的决策引领不言自喻，本是位尊德应重，居高声自远，如果倨傲揽功，蔑视部下，将下属功劳归之于己，不是增德添名，而是离散人心。《汉书·冯异传》记载，冯异为人处世谦恭退让，从不自夸，在路上遇到别的将军都主动让路，每到一个地方宿营，别的将军在一起讨论功劳时，他经常独自避坐树下，人们称他为"大树将军"，于是光武帝刘秀特别看重他。因此做领导的，在成绩和功劳面前，应当有"大树将军"的情怀，不居功，不揽功，不争功，要有"功劳是大家的，问题我来承担"的想法，才能赢得民心，率领大家成就事业，"夫不争，天下莫能与之争"。

不与下属争功，是凝聚人心，调动大家积极性的重要方法。做任何一件事，都要靠大家共同努力，再好的决策，也得靠班子集体和全体员工落实完成，工作中的成绩，凝结着大家共同的汗水，推动着事业发展的功劳，体现着集体的奉献与智慧。作为一名主官，众努力就是你的水平，事业兴就是你的政绩，工作中的任何成绩，都要归于下属和集体，任何有功可计的地方，都应让给他人和同僚。我们常听到有领导说，"这事都是我要他们干的""这事就因为我拍了板""这事没我出面干不了"，姑且不论你说的是否准确，要人干也得别人肯干，拍了板也得靠人落实，至于出面解决工作中的难题，是主官的角色所致并非仅凭个人魅力。如果有功自揽，事则由部属去干，分管的同志会不满，具体干事的人会心寒，大家会认为跟这样的领导干事不值得，下次有事可能没人会再尽力，久之则人心涣散。遇功推让，归于集体和下属，则会使人心凝聚，下次倍加努力，齐心奋发向上，工作更加顺利。是所谓孔子说的"立己达人"。

不与下属争功，是给下级提供脱颖而出的机会，推荐人才的一种途径。事总要靠人去做，事业的发展要靠不断涌现的人才去推动，如果揽功于己，不让下属出头，就会让人才失去表现的机会，如果诿过于下，让下属担责受罚，就难以让人信服遵从，这实际上是在压制下属，打压人才，把下属当成实现自己权力私欲的工具，一个怀德自重、抬爱人才的领导决不能这样做。《易经·泰卦》的卦象，就是坤在上，乾在下，寓意的道理是，要把民放在上，君放在下；下属放在上，领导放在下；

副职放在上，正职放在下，"上下交而其志同"，则和谐安泰。在工作中，特别是上级安排组织的重要活动中，要让副职、下属担当重任，让他们勇于进取，为他们施展才华提供机会和平台，有功劳要积极肯定鼓励，有问题为他们担责解难，让他们抛头露面，拔尖出彩，获得大家认可，早日成熟、成才，这也是为事业发展提供后备人才的善行之举。

不与下属争功，共享工作成绩和抬爱下属的办法很多，场合途径也多种多样。一是有成绩及时肯定鼓励，可以当面称赞，可以会议表扬，要真诚感谢地说："这项工作多亏了你们，不然不会有今天的成绩。"对贡献突出的要树为典型宣扬，号召大家学习看齐，进一步激发工作热情。二是有重要场合让他们抛头露脸，提供表现机会，如上级检查汇报，开重要会议，除非职责明确规定的外，尽量让分管的同志唱主角，让上级了解他们的工作和才干，这是一种无声的推荐，我在几个地方工作时，对上级的各项检查和收入工作，从来都是让分管的担纲汇报，我只是起个"跑龙套"的作用，这样副职更有责任感和主动精神。三是对各种评比表彰，要全部争取，分享给下级，本系统评先向基层倾斜，上级表彰，重点鼓励分管领导和主办业务科室，对特别优秀的，在向上汇报工作时单独推荐，让领导增加印象，为干部成长提拔铺路。还有一点要注意，在具体业务上，不要与下属争能；在业余活动中，也不要与下属斗巧。领导不必样样占优势，许多干部职工的专长都比领导优秀，让他们表现领先，会增强他们的自信和荣誉，工作会更加卖力，这是勿与下属争功斗能的延伸，也是一种调动积极性、增强团队凝聚力的方法。

适时敲打下属的小毛病

"金无足赤，人无完人"，每个人都会有缺陷，就像被上帝咬过的苹果。人的毛病如同大自然里任性生长的花木，只有经过修剪才会变得整齐挺拔，丰收的水稻只有剔除稗草才会穗粒饱满。一个人的毛病或许是与生俱来的，而且有时优点越突出，缺点越明显，优势的过度就是缺点，记得有位伟人说过："一个人总有缺点，君子只是能改过。"作为一名主要领导，不仅是用人干事，还要带好队伍，确保健康成长，适时敲打下属的小毛病，使其知过而改，防微杜渐，也应是我们用人管人的一项重要职责。

首先，要树立从严带队思想观念。俗话说，"严是爱，宽是害"。作风优良、能打硬仗的队伍都是从严管理带出来的，优质的品牌也是在严格的质量管理中诞生的。如大庆人"三老四严"的精神作风创造了大庆油田开发建设连续几十年高产的奇迹；海尔前总裁张瑞敏曾砸碎76台质量不合格的冰箱，才创造了享誉海内外的一流品牌，他认为，"有缺陷的产品就等于废品""要做就做第一"就是他们追求质量的信条。从严管理才能出质量，出品牌，出业绩，出人才。从严管理的原则就像是任何时候都烧得通红的火炉，谁触摸到火炉，就要接受烫伤的惩罚。不能因为事务繁多就放松了管理，工作辛苦就降低要求，成绩突出就无视问题，更不能因为与领导亲近或体谅下属不忍纠正存在的错误，许多干部就是由小错酿成大错，一步步走向犯罪的深渊，对下属的错误默许不纠就是纵容他走向犯罪。《左传》曾记载子产论政说的话："火烈，民望而畏之，故鲜死焉；水懦弱，民狎而玩之，则多死焉。"这深刻阐明了治政以严是爱护百姓的道理。从哲学的角度来说，事物都有一个从量变到质变的过程，人不是一生下来就是坏人，也不是一下就犯大错误的，而是由于后天环境的影响逐步积累到一定程度变质成祸的。严管纠错就是不为小错从量变到质变提供条件，小错易纠，大错难救，所以，从细微的苗头开始，坚持从严管理，适时敲打，使其知错而止，避免酿成大错，这是对干部负责任的大爱。

其次，要分析什么情况下毛病会酿成问题。人的毛病有性格素质上的弱点，也有主观动机上的问题，如果仅是性格素质上的弱点，进行"逆向提醒"即可。如对工作谨慎小心者，要鼓励大胆作为；遇事敢作敢为者，要提醒思考周密；对固执自拗者，要注意变通协作；对过于灵活圆滑者，要提醒增强原则性，等等。是所谓"用人取其长，育人补其短"。如果是主观动机上的问题，则要通过一定外部环境才会发生，我们重点要分析的，就是在什么环境情况下人的不良动机会肆意扩张犯错误。一般情况下，人在以下五种情况最容易犯错误：一是工作顺利时，容易滋生惰性、疏忽大意和自满情绪；二是提拔重用时，会自觉春风得意，眼高心傲，忘乎所以；三是利益诱惑时，把握不住自己，心存侥幸，贪欲滋长，守不住底线；四是遇到困难时，缺乏勇气，丧失意志，怨天尤人，消极懈怠；五是干部调整变动时，都心存期望，关注打听，逾越原则，甚至搞小动作。在这些最容易出问题的情况和场合，要特别注意细看、多听、实察，把握工作中的潜在问题，把错误消灭在萌芽之中。细看，看一个人说话的表情、语气、神情、动作，心有所虑，必露于表；多听，多听取各方面的意见和反映，有问题身边的和分管的同志可能最先知晓；实察，就是实地察看工作的实际情况，消潜患之未起，治毛病之未疾。要铭记一条基本规则，人在越顺利越得意的时候就越容易犯错误，在利益诱惑面前有时亲近信任的人也难以把握底线。我的好几个朋友和同事，都是在占立潮头、工作得意、光环亮眼时犯错误的，等待潮水退去，剩下的只是声名狼藉。我有时想，如果当时对其稍加遏制，止宠责行，可能会是另外一种结局。

最后，要注意敲打的方式方法。毛病应当及时发现，要看得全，抓得准，但敲打要根据不同的人和不同的问题性质，区别不同的场合和范围，采取不同的方法。对干部中带倾向性的问题，可以通过会议敲打批评；对个别同志的问题，则应该个别谈话提醒；如果是中层干部身上的问题，不要拿到干部群众大会上批评；如果是班子成员的问题，只适合个别交流提醒，或者在班子会上"咬耳扯袖"。对一些可以预见的问题，应当提前打招呼，约法三章，公示自警，如基建招标、资产采购等容易出现问题的事项，对干部提拔、调整、调动等环境发生变化的环节，要专门进行任职履新谈话，逐个指出问题和缺点，提出希望和努力目标，廉政建设不能缺席，要单独提出要求，促使干部遵纪守法，勤政务实，严于律己，慎用权力。要抓住关键的少数，重点是班子成员、中层干部和二级单位"一把手"，犯毛病要及时提醒，有苗头要即行制止，而且要因人而异，对症下药，确保干部健康成长，确保队伍稳定平安。自己任职的几个地方，在我工作期间，没有一个直接管理的干部因违法乱纪贪腐堕落而犯罪追责的，这也是我工作的一种欣慰吧。

揽　要

不必事事皆亲为

　　事必躬亲，什么事都自己亲自去做，这可能是刚担任领导同志的一种通病。不少人认为，事必躬亲是深入实际，联系群众，对工作认真负责的表现。现实生活中，也确有一些领导干部，整天辛辛苦苦，忙忙碌碌，事无巨细，样样上手，还经常加班加点，不得一日空闲，但一年到头，事无穷尽，收效甚微，有的还弄得副职有意见，干部也没有积极性，认为主官不信任他们，喜欢专权揽事，那就等于你唱独角戏，结果是众人不卖力，领导是辛苦忙碌没成效。要想成为一个开明有成效的领导，就不必事事皆亲为。

　　为什么有些领导乐于事必躬亲，首先是观念上的问题，对领导应当干什么模糊不清。德鲁克在《管理学原理》中说："领导是做正确的事，下属是把事做好。"这应当是区别领导与下属的经典概括，领导主要是研究战略和决策，抓大事，让干部群众做正确的事；部属和管理者负责执行落实，要提高效率，把事做好。做正确的事是效能，把事做好是效率。汉宣帝时丙吉是一代贤相，他在一次外出考察民情的途中，见到一群人斗殴他不去制止，看到一头牛在喘着气吃力地拉车，他却停下来上去询问，下属说他只重畜不重人，丙吉说："人群斗殴有地方官员管，我只需要考核他们的政绩，而丞相是国家高级官员，所关心的应当是国家大事，如今还在春季，牛就因为天太热而喘息，季节反常就会影响到农业收成，是事关天下百姓生活的大事，所以我才过问。"凡做大事者，"有所为，有所不为"，领导应当做领导的事，这是古往今来有成效的领导者的基本法则。

其次是领导方法上的问题。领导就是要带领部门和团队履行职能达成工作目标，是一门科学的管理活动，领导的重要原则就是授权，班子成员通过分工授权，中层干部通过划定职能边界授权，普通员工通过岗位职责标准确定权利义务，授权就是把事分派给大家去做，自己才有精力调查研究，确定目标战略，统筹协调各方，督导工作落实。诸葛亮是集忠诚和智慧于一身的领导，但却英年早逝，后来人们认为他是累死的，他领导方法上主要问题就是"事必躬亲"，在与魏军对峙五丈原时，旷日持久需要整治军纪，他对士兵罚二十军棍以上都亲自处理，没日没夜地忙，终因积劳成疾，过早离世。授权就是管理，因人成事；授权就是发挥大家的作用，提升整个团队的能力；授权就是给自己松绑，更好地科学决策抓大事，高效能地完成工作目标。

再次是心理和主观意识上的问题。这有两个方面，一方面是对下属不放心，总担心他们不能把事做好，有些领导常常抱怨，下属能力差，没事业心，缺少责任感，干事总达不到要求，总按照自己能力标准苛求干部，那事事只有自己干。如果是刚到一个部门，还情有可原，如果已工作了几年，那完全是领导的问题，至少不懂得培养提升队伍素质。另一方面是否愿意放权，是否能跳出具体事项和权力的圈子，有的领导不是不懂得无须事必躬亲的道理，而是舍不得具体事情的权力和利益，放弃具体事项的处理，就觉得少了占好处的途径。这种领导缺少气度和胸怀，把工作当成捞取利益的手段，说到底是私心在作怪，格局如此之小，那只得事事亲为，而且累不偿失，还会有人在背后看戏吐唾沫。

如何避免事必躬亲，做一个高效能的领导，第一，要信任干部，信任下属，相信他们能把事做好。一个部门和单位，总有一些优秀的有才能的人，如果身边没有，就要发现、选拔培养，把他们用到合适的岗位上分担工作。俗话说"一个人浑身是铁，也打不了几颗钉"，一定要依靠大家，调动所有干部的积极性，整个团队才会高效率的工作。我的一个朋友，与我同在一个城市任部门主官，他事业心强也很能干，就是事事都亲自抓，每次见他都在忙个不停，我常和他开玩笑说，能不能稍微洒脱点，他总叹息事太多干不完，结果在一次工作中脑中风累倒，只得提前退出领导岗位。第二，要科学的授权，授权不是简单的分工，而是要确定权力边界和责任，应当有一套明确的行为标准和运行机制，要明确规定，哪些事分管同志负责，哪些事职能科室具体抓，哪些事由分管和职能科室自行处理，哪些事必须请示汇报或报班子集体研究决定。授权不科学，权力边界不明确，既容易出现重心失衡各自为政的情况，也容易导致权责不清、相互扯皮的状况。授权是一门学问，要授得开，收得拢，把得住，行得畅，这完全取决于主官的工作经验和能力水平。

最后一点，就是领导不能心存私念，担心下属有了权力会削弱自己，遇事自行决断，不再尊重主官，这完全是一个驾驭能力的问题，"一把手"可以随时过问一件重要事项，也可直接检查督办，既充分授权又统筹把控，既不事必躬亲也世事洞明，这才是正确的领导方法。

既一抓到底又分级管理

"一抓到底"是我们抓工作落实的重要方法，调查研究"一沉到底"，安排部署重要工作"一竿子插到底"，解决问题矛盾"直接落到底"，这既体现了勇于负责的担当精神，也反映了勤勉务实的工作作风。俗话说，"三分战略，七分执行"，地方部门主要是负责上级各项决策部署的贯彻落实，基层组织就是落实执行的"最后一公里"，敢于较真碰硬，对重点工作和问题抓住不放，以"钉钉子"的精神，"一抓到底"，推动工作的落实和问题的解决，完全有必要。但是，同时要注意，不要越俎代庖，直接替代基层干部具体指挥，要遵循分级管理的原则，搞调研，抓落实，搞督办，"一沉到底"，对具体工作不包办代替，权责明确，分级管理。

首先强调抓工作要"一抓到底"。"到底"，就是中间没有任何障碍和梗塞，排除一切矛盾和阻力，最直接、最精准、最高效地解决问题、落实工作，它不仅是一种务实的作风和精神，还符合领导工作的规律，符合正确的认识论和矛盾运动的原理，必须大力提倡。一是只有"一沉到底"才能摸清实情。基层工作的主要任务就是抓落实，只部署不落实，等于没有抓，只有走出办公室，深入到工作一线，了解基层的实际工作情况、上级决策部署应当如何落实、在落实过程中还有什么问题、群众有什么好的创举和建议，才能做到心中有数有的放矢，出实招、下实功、抓实工作，推动落实。二是只有"一竿子插到底"，才有利于工作的高效落实和快速解决。"一竿子插到底"是抓工作落实的勇气、干劲和狠劲，是不畏艰险、直面矛盾、敢于担当负责的工作态度，是最直接、最高效的执行力，对于上级部署的重要工作和事关人民群众切身利益的事，必须"一竿子插到底"，不能有丝毫的折扣和让步，要敢于攻坚克难、啃硬骨头，不彻底解决问题不松手，不完全落实到位不罢休。三是只有"直接落到底"，才能了解最基层群众的想法和态度，体察民情，融入群众，听他们之所想，问他们之所忧，聊他们之所盼，零距离、心贴心的沟通，真心实意的和群众打成一片，"坚持从群众中来，到群里中去"，了解群众的愿望和期盼，总结群众中鲜活的经验和做法，解决群众反映强烈的实际问题，汇民智、聚民心、解民忧，问计于民、服务于民、取信于民。四是通过"一抓到底"，取得第一手经验，便于推动全盘工作。把矛盾解决在一线，把工作落实到基层，是对重要工作的攻克和突破，直接地一抓到底，熟悉了抓落实的过程，懂得了抓落实的方法，也化解了抓落实中的矛盾，这对全面推动工作取得了最直接的第一手经验，抓工作才有底气，推动落实才得心应手。

其次什么样的工作需要"一抓到底"。领导的精力是有限的，不可能每件事都亲自挂帅抓，那就变成了事必躬亲，我们强调要"一抓到底"，是一种抓重要工作的方法，所谓重要，就是对重要工作、重点事项、重大的人民群众密切关心的工作。通俗地说，有这三个方面：一是上级部署的重要工作，如全国性、全局性的思想教育活动，如"脱贫攻坚战"工作、廉政反腐工作等；二是本系统的中心工作和重点工作，如服务经济发展、组织收入、税收信息化建设、干部队伍建设等；三是上级交办的临时性工作和舆情关注的焦点问题，如重要的信访和损害纳税人利益的问题。就国家层面来说，近几年的"脱贫攻坚战"工作，就很好地体现了既"一抓到底"，又分级负责的原则，一抓到底，锲而不舍，一以贯之，标准、时限、部署、要求，全国一盘棋，同时每个地方、每个部门、每个单位都有具体的帮扶对象和责任，上下一心，群策群力，终获全胜。

最后要说分级管理、各负其责的问题。统一领导分级管理是处理上下级关系的一条基本原则，它要求每个层级都有人负责，每个人都明确由谁领导，对谁负责。一般来说，一个完整的法人单位，都有高层（决策层）、中层（管理层）、低层（执行者）三个层次，三个层次必须权责明确，分工清楚，各司其职，如果越级指挥或越位管理，就会让下属无所适从。我国的财政体制就是按这个原则建立起来的，分级管理是领导授权的延伸，是上下分工协作和统分结合原则在工作上的运用，是务实作风和科学管理的辩证统一，分级管理更容易调动不同层次的积极性，更具体、更灵活地贴近实际，一级抓一级，一级对一级负责，确保整个系统高效运转。我在鄂西某山区县督导"三严三实"教育活动时，发现他们工作做得很细，也很实，工作安排、学习记录、各项活动都清清楚楚，心得体会上墙展示，但就是自身特点不明显，发现这些不足，我没有直接指挥他们应该怎么改，如何抓，而是和他们研究商量，建议他们发掘亮点，利用资源优势，用身边人讲故事，而且每周一课，引导干部如何工作、如何做人，抓实抓活教育。经过一段时间后，他们打造了教育活动的品牌亮点，在地方赢得地位，也被评为"全国系统的先进单位"。抓工作既沉到底又分级负责，会更有效率和活力。

把复杂的问题简单化

做领导工作，每天都会面对各种纷繁复杂的问题，如何处理这些问题，用不同的思维方式和方法，效果截然不同。被誉为"全球第一CEO"的美国通用电气总裁韦尔奇，他认为自己成功的最大秘诀就是"把问题简单化"，他说："管理就是把复杂的问题简单化，混乱的问题规范化。"对他来说，使事情保持简单是管理活动的要旨之一，他说他的目标是"将我们在通用电气所做的一切事情，所制造的一切东西去'复杂化'"。日本实业家稻盛和夫也曾说过，越是高层次的人，越要善于把复杂问题"简单化"。化复杂为简单，应当是领导处理复杂问题的基本原则。

中国古代管理思想中也蕴含着把复杂问题简单化的智慧，老子《道德经》认为，"大道至简"，层次低的人复杂，境界高的人简单，五颜六色令人眼花缭乱，声音太多让人耳朵分辨不清，味道太多让人味觉失调，真正好的生活都是简单的，主张"治大国如烹小鲜"。《孙子兵法》中也说："治众如治寡，分数是也；斗众如斗寡，形名是也。"意思就是说治理很多人的军队，跟人数少是一样的，分为小队就行了；指挥很多人作战，与人数少的道理是一样的，把指挥标识信号明确就行了。聪明的人总是把复杂的事情简单化，只有愚蠢的人才会把简单的事情弄得很复杂。

如何把复杂问题简单化，第一要善于抓住事情的本质，把握事物的内在规律。人们常常将一件事情的原因考虑得非常复杂，其实事情的本质却非常单纯，当在看似纠缠不清的头绪中找出它们的必要联系时，事情的本质就会浮出水面，这需要一双锐利不带偏见的眼睛，不被细枝末节所迷惑，直奔问题的根源，有时要回归原点或运用常识看问题，删繁就简抓住事物的本质。电影《教父》中有一句经典的台词："花半秒钟就能看透事物本质的人，和花一辈子都无法看透事物本质的人，注定是截然不同的命运。"第二要敢于突破既定的思维方式。思维方式决定着解决问题的方法，一件事情，沿着它原有的复杂情况去思考，就会陷入"钻牛角尖"的困境，找不到破解的办法，如果跳出既定的圈子，用最简单的方式直达目的，可能会是另一番景象。亚历山大在征服小亚细亚的过程中，曾遇到了复杂的戈尔迪奥斯之结，传说它非常复杂，难倒了世界上所有的智者和能工巧匠，亚历山大仔细看了看这个绳结，猛然拔出宝剑，手起剑落，将绳结斩断，亚历山大方式的斩断绳结使他最终成为西方世界"最伟大的征服者"。工作中遇到理不出头绪的复杂问题，也可以学学亚历山大斩断绳结的方法。第三要有深厚的专业知识，能迅速找出问题的症结所在。任何一个部门或一个单位，都有它的特定职能和核心业务，做领导虽然不必像技术骨干那样精通细节，但基本的流程、核心的要素、整体的状况应该了然于胸，只有具备专业的深度，才能迅速剔除不必要的信息，抓住关键的节点，那些棘手的、看似复杂的问题就会迎刃而解，"庖丁解牛"就是中国古代对解牛技艺的精湛化复杂为简单的最好例子。第四是要读懂复杂问题背后人性的动机，世界其实很简单，复杂的是人心。任何问题的背后都有人的主观因素，马克思早就说过，人生所为之奋斗的一切，都与他们的利益有关。一个复杂问题的表象后面，隐藏的都是权力、资源和利益的分配，核心是利益的平衡与协调，懂得了这个道理，就会剥离许多繁杂无关的原因表象，直击事物的要害，许多看似复杂的问题就变得简单易于解决。

　　具体在工作中如何运用这些原则，这就要针对不同的问题和各自的情况灵活运用，真理都是具体的，一切以地点、时间、条件为转移，自己在工作中根据事情的复杂程度和难易情况，总结出"一二三法则"，即一句话拍板，二因素表态，三段式论证。"一句话拍板"，就是对具体的事务和简单的业务，归结为"干"，还是"不干"，略去那些多余的前因后果，重要性和必要性等分析比较；"二因素表态"，就是对较为繁杂涉及多个层面的工作，归结为"什么事，怎么干"，这可能涉及人力资源的调配，几个方面的协作，如果事情清楚，目的方法明确，就果断表态并明确授权；"三段式论证"，就是对复杂的重大事项和事关全局的工作，则归结为"什么事，能否干，如何干好"，这需要分析比较，权衡利弊，听取多方意见，通过会议决定。有时分管的同志汇报工作，就是要主官知道这件事，让他心有底气；有的同志对某项工作叫困难讲条件，就是要主官划分权责让他可以牵头协调；特别是在干部调整问题上，有时分管同志讲出很多原因不愿松手，实质上是要主官同意他再推荐一个人接替对换。至于对一些涉及面广、复杂的业务，化简单的基本方法就是围绕目标层层分解、分细、分别落实，然后统筹组合。总之，复杂的事情总是脆弱的，而简单到极致才是最好的。

解决矛盾只对事不对人

　　有工作就会有矛盾，要做事就会遇到问题，任何事物都是由矛盾组成的，只要有人的地方就会有矛盾。工作中的矛盾一方面是来源于班子成员对某一事物认识上的分歧及处理态度的差别，另一方面是来源于下属在贯彻落实某项工作决策时遇到阻力和障碍，还有就是团队中个别人的企望超出了团队的政策目标价值产生的矛盾冲突。无论是哪种情况，都应当冷静、客观、认真地分析前因后果，找出矛盾的症结所在，在处理化解矛盾时，就事论事，只对事不对人。

　　只对事不对人，应当是我们解决职场矛盾的一个基本态度，也是避免把简单问题复杂化的一种途径。就事论事，就会比较客观，忠于事实，弄清事实的原委和症结，有利于寻找方法，化解矛盾。如果因为别人的看法与你有分歧，就对人发火泄愤，下属做错了事，就责怪别人能力太差，这非但不会解决问题，还会激化矛盾，产生对立面，久而久之还会把工作中的矛盾变成个人恩怨。做事针对人，肯定得罪人，也不利于做事；对事不对人，可以团结人，也有利于做事。被列宁称为"中国十一世纪的改革家"的王安石在推行变法新政时，引起了朝中许多官僚阶层的不满，不少同僚在批评新政时攻击他的人格，司马光则不同，虽然与王安石政见不同，但只是批评他变法的具体政策，并不否认其为人，还说"介甫文章节义，过人处甚多"。王安石去世后，司马光还建议朝廷厚赠恤。苏轼也与王安石政见不一，在王安石遭受责备处于人生低谷时，他没有落井下石，还给予高度评价，说王安石"智足以行其道，辩足以行其言"。在波谲云诡的封建政局中，司马光、苏轼能客观对待不同政见者，是很难得的人品和修为，只针对事，不攻击人，或许是他们给我们提供的借鉴之方。

自己在几个不同的地方工作时，都曾因解决历史遗留问题而面临突出的矛盾和阻力，有的当时分歧很大，甚至个别同志闹情绪，处理不好，既不能顺利解决问题，又会产生对立面。一次是在清理临时人员的时限和补偿政策上，因要求过急而强调原则时限，没有顾及分管同志想再稳一点的想法，态度语气坚决，以为是在责怪他思想保守，否定原来的工作，导致有撂挑子的情绪；一次是在处理某地基建遗留问题的善后补偿问题上，因原来分管的同志现在分工已调整，不愿再接这个"烫手山芋"，但"解铃还须系铃人"，别人来处理肯定更棘手，只得决断必须限时完成，一时间造成抵制冲突；还有一次是在处理一个上级批示的涉税信访件时，上级批示的要求与下面实际情况出入较大，但又直接督办得紧，在几次协调督办无法落实的情况下，产生了急躁情绪，对分管和基层负责同志说话措辞强硬，导致负面情绪。这几件事后来经过反复沟通，交流谈心，寻求办法，都妥善处理解决。解决这些矛盾的前提是，抛开对人的看法，就事论事，有限地退让和妥协，解决工作中的矛盾，多数情况下不是一方绝对压制另一方的，而是在妥协情况下达到新的平衡。

自己在处理几件矛盾问题上的体会：第一，要冷静再冷静，不能一有矛盾和不同意见就急躁，发脾气，冲动是魔鬼，随意指责人，批评人，只要对人发脾气或语气强硬，就会导致对方的抵触情绪，激化矛盾，甚至产生对立面。第二，就当前的事项就事论事，不要提以前、过去、一贯如何的，联系过去就让人觉得是在否定他以前的工作，一贯如何就是在表达对人的不满，会让人产生逆反心理，也不要和别人比较，比较别人等于在小看对方。第三，批评时先肯定赞许对方，从肯定他的成绩及过去做得好的地方入手，"该批评时先表扬"，批评时先做自我批评，要有待人以诚的高姿态，拉近心理上的距离，感情上更接近，然后帮助对方一起分析问题，求同存异。第四，在意见趋向一致的情况下，对解决具体问题给予适当的机动权，每项具体事情都有其特殊性，特别是一些遗留问题，牵涉矛盾多，背后有各种利益关系，主官应当把握大原则，在不违背政策、不带来新的矛盾、不影响大局环境的情况下，可允许适当变通解决好问题。"变则通，通则达。"第五，要以友好的鼓励期待给事情划上句号，肯定对方的思路和觉悟，珍惜共事的缘分，走出"山重水复疑无路"的困境，迈向"柳暗花明又一村"的新天地。

对于下属科室和单位中的矛盾，解决起来相对容易得多，属于一个部门和单位的问题，提出要求，安排分管同志处理解决，涉及多个部门和单位的问题，可以成立工作协调专班，授权牵头部门的分管领导协调解决，有些重要的需要决策表态的也可亲自主持协调。至于个性问题的突出矛盾，原则上由分管同志负责处理，但若直接上诉求访，也不能一概拒之不理，这里需要做的是耐心倾听，然后转由相关领导和科室处理。静心倾听，表示尊重理解，不要怠慢指责对方，是化解个性矛盾的基本态度。

不要事无巨细走程序

　　"集体领导"是我们党根本的领导制度，是民主集中制原则在各项工作中的体现，凡属重大决策、重要干部任免和人事安排、重要事项和大额资金使用，都必须经过党委（党组）集体研究决定，这是毋庸置疑的。集体领导主要是为了防止个人独断专行，搞"一言堂"，以个人代替组织的错误行为，同时增强决策的科学性，但实际工作中，总不同程度地存在着两种不同的倾向：一种是名为集体领导，实际上是个人或少数人说了算；一种是无论大事、小事，都拿到会上讨论走程序，看似集体领导，实际上无人负责。从目前工作环境看，事事开会走程序的情况要多一些。

　　为什么会出现事事上会走程序的情况，可能有以下四种原因：一是对工作事项缺乏分类，没有理出头绪，条理不清，区别不出轻重缓急，"眉毛胡子一把抓"，大事、小事一样对待，遇事就提交会议；二是平时对业务研究不够，似懂非懂，缺少洞察力、决断力，遇到问题只有开会大家讨论；三是缺少担当，对具体问题不敢拍板，怕担责任，觉得只有开会走程序，才安全保险；四是作风漂浮，懒政懈怠，喜欢开会闲聊混日子，把坐在办公室里开会当作一种工作乐趣，免得下去抓落实辛苦受累。如此种种，除了第一种是工作方法问题之外，都与我们的思想观念、担当作为和工作魄力有关。

如何防止和避免这种情况，首先要正确理解"集体领导"的实质和范围。集体领导是为了防止个人专断，保证决策的正确性，什么事都开会研究，并不是集体领导的真谛。党委的工作方法是"实行集体领导和个人分工负责相结合"，集体领导的主要范围是"三重一大"事项必须通过会议决定，坚持集体领导，不能党政不分，事无巨细，什么问题都提交党委会讨论，什么事都开会研究，让党委包揽具体事项，陷于日常事务之中，就没有精力筹划全局，不符合党委把方向、谋发展、抓大事的要求，不利于充分发挥党委的领导核心作用，要区别党委会和行政办公会，党委会是集体领导"做决策"，行政办公会是"处理事"，把行政事项提交党委会讨论，每个人都表态走程序，实际上是统揽具体事务，集体把关流于形式，分工负责没有落实，违背了集体领导的初衷。

要有正确的工作方法。美国管理学家史蒂芬·柯维写过一本畅销书，叫作《高效能人士的七个习惯》，其中"坚持要事第一"得到大家的普遍认同。他把事情分为重要紧急的、重要不紧急的、不重要紧急的、不重要不紧急的四类，提出了"为要事安排日程"的关键思维，除第一类事项是处理危机和突发事件必须应对外，平时应把重点放在处理重要不紧急的事情上，第三、四类事项不属于主要领导的管理范围。我们在工作中，也应当根据事情大小和重要程度进行分类：第一类是重大重要的工作事项，制度有明确规定的，必须开会集体研究，既不能个人说了算，也不能以通气代替会议；第二类是一般的工作和业务事项，如果情况清楚，政策明确，符合上级规定和要求，可不必开会，如果情况和政策界定不清，或涉及多个科室协调的问题，应当开会研究决定；第三类是日常事务和具体业务，由分管同志在政策规定和权力范围内处理，用不着开会研究，如果有拿不准的，可报请主官领导后决定执行。我们不必把办公室要买几捆纸张或业务科室要配一台打印机都提交会议研究，也不能把事关全局的重要活动不经集体讨论就签发执行。

要敢于负责、决断和授权。敢于负责，勇于担当，是强烈事业心和责任感的体现，是共产党人勤政务实的工作作风，要在其位，谋其政，勇于任事，敢于担责，不能遇事绕着走，有矛盾就上交，要在职权范围内果断决策和负责。要善于学习调研，熟悉各方面的工作情况，经常分析研究问题，思考事物的来龙去脉，掌握它们的矛盾联系，时刻保持临战状态，提高处理问题的决断能力。《易经·夬卦》中说："君子夬夬，终无咎也。"当决断就果断决策，不然错失机遇，贻误工作，反受其害。许多比较急的工作是等不得拖不起的，能拍板的就要当机立断，不用拿到会上慢慢研究消磨时间。对专业性强或属于下级管理的具体工作，要直接授权，不必事事请示汇报，有些很专业的具体事项，开会讨论大家也不一定懂，仅仅是履行了会议程序，最终还是要听专业人员的，如果不是重要的业务，只需要把握大的原则，具体操作完全可以由下级自行决断处理。我们要永远记住，会议集体研究也好，个人分工负责也好，都是一种工作方法，它的根本目的是要推动工作的开展和落实，对于一些业务工作和具体事项，只要有利于提高工作质量和效率，就不必舍本求末，事事开会走程序。

霸气与霸道，威信与威风

　　每个人的个性特质不同，在工作中就表现出不同的行为方式，不同气质的人有着不同的做事风格。领导风格是习惯化了的领导方式表现出来的种种个性特点，它是在长期的个人经历和工作实践中逐步形成的，并自觉或不自觉地稳定性起着作用，有着鲜明的个性特色，比如沉稳、冷静、坚毅、坦率、豪爽、真诚、细致、缜密、优柔等。领导风格综合反映了一个人的学识、经历、认知、情感、态度等多方面的特质，对工作决策和效率有着重要影响。我们常常听到有人说，"这个人很有气场""这个人很跋扈"，这"气场"和"跋扈"就是一种领导风格和影响力。作为一名主官，应当具有怎样的领导风格，我认为应该是"霸气不霸道，有威不威风"。

　　霸气是一种风范和气度，按汉语词语解释，霸气是勇武强悍的刚毅之气。说起霸气，就会让人联想到自信、勇敢、坚毅、刚强、大度、果断等个性特质，霸气是一个人内心力量的外在表现，它主要来源于两个方面：一方面是由于组织授权和职位角色即职务影响力带来的；另一方面是由于个人学识、才能、品行、胸怀等非职务影响力带来的。而后一种影响力更重要、更稳定、更持久。我们通常所说的霸气，主要是基于职位角色又相对独立的非职务影响力所产生的气场和魄力，说到底，它是一种人格魅力。

霸气不会随职务变化自然产生，一个人要有霸气，要具有内在的素质和品行，首先要有正气、底气。要正直，公正，有正义感，一身正气，子曰："其身正，不令而行；其身不正，虽令不从。"一个人正气不足，心术不正，腰杆子就硬不起来，也霸气不起来。要有很强的专业素养和工作能力，思维敏锐，经验丰富，敢于面对挑战和攻坚克难，意志坚定，有了这些底气，才会充满自信，胸有成竹，霸气自露。霸气在工作中的主要表现就是大气、勇气和豪气。大气就是胸襟博大，气度恢宏，不小肚鸡肠，不趋计小利，遇事沉稳自如，大方有度；勇气就是不畏艰险，敢于直面困难，积极主动，顽强拼搏，坚韧不拔；豪气就是要有一股豪迈的英雄气概，勇于接受挑战，敢于决断担责，甘于自我牺牲，乐于为天下奉献。霸气的风格虽然增加气势，有利于工作，但也要区分场合，不必时时横豪英武，咄咄逼人。在正式工作场合，对外代表部门形象，面对困难或紧急情况，批评打击歪风邪气时，要彰显霸气，对上汇报工作，内部小范围开会，与下属交流谈心，业余生活场合，则应低调内敛。

霸气不等于霸道，作为主官，霸气不可缺，霸道不可有。霸气是形容一个人的气场，霸道是指一个人的脾气；霸气是正义在胸、舍我其谁的气势，霸道是蛮不讲理、唯我独尊的恶习。一个问题，别人不敢乱说，是霸气，不让别人说，是霸道；一件事，别人不敢乱为，是霸气的影响，自己可以做不让别人做，是霸道的作风。"一夫当关，万夫莫开"是霸气，"只许州官放火，不许百姓点灯"是霸道。实际工作中，切莫把霸道当魄力，霸道的领导不尊重下属，喜欢揽事专权，事事皆由自己做主，下级只能听命服从，搞"顺我者昌，逆我者亡"，以个人好恶作为判断工作好坏的标准，自己喜欢的，不行也行；自己嫌弃的，再好也不行，有恃无恐，目空一切，特别是在处理问题失当，因私积怨成仇，最后都成了孤家寡人，落得个"霸王别姬"的下场。或许，没有霸气不会成为一个好领导，但过度霸道的绝不是一个好领导。

霸气总与威信相关联，适当的霸气就是威信的一种体现。威信就是威望和信誉，它与一个人的学识、经历、才干、品行、修为等因素有关，是领导在群众心目中的威望所产生的信任感，是一种非权力的影响力，有职权不一定有威信，有威信能更好地行使职权。要树立威信，不是把自己搞得很威严，故意摆架子，甚至耍威风，那样只会脱离群众，使自己威信扫地。威信不是威风，威风是外在的架势和态度，威信是内在的信任和认同，我们要有威信不要耍威风。正常情况下，威信主要来源公正、廉洁、诚信、务实。"公生明，廉生威"，自身行得正，公道正派，严于律己，廉洁奉公，工作勤勉，务实求实，尊重群众，讲究诚信，乐于为大家服务办实事，威信自然而生。当然，在特殊时期，像"徙木立信""杀一儆百"也可以树立威信，但还是要与平时的修为结合起来。威信与霸气互为表里，霸气是外在气场，威信是内心认同，两者兼修，领导活动会如虎添翼。

处理好信访突出问题

信访是群众工作的重要组成部分，是党和政府联系群众的纽带和桥梁。作为主官领导，不可避免地要面临处理各种信访问题，如果是正常的信访事项，那按照规定批办、督办、落实就行了，但能到主要领导这里来的，都是长期积累起来比较复杂的遗留问题，有的问题没有政策依据，有的诉求根本无法解决，有的反复上访扯皮。简单地说，都是棘手的缠访、闹访和反复越级访。处理的不当，不仅会耗费大量的精力、物力和财力，还会造成负面社会影响。所以说，处理好信访是一门学问。

首先要对信访有一个正确的态度，不能认为信访工作是分外事，是在找麻烦，有人把信访工作说成"天下第一难"，或者"天下第一烦"。的确，信访面临的基本是埋怨、责难、扯皮、缠闹，甚至谩骂与攻击，但作为领导，既然在这个岗位上，就有责任面对，不能让人民群众有话没地方说，有怨气苦楚没地方诉，无论是哪一级领导，哪一个部门，都有对涉及自身职责范围的信访问题进行妥善处理的责任，信访事关人民群众切身利益，事关社会稳定，决不能掉以轻心。当时的信访工作没现在这么规范，信访条例对一些问题的明确规定是后来才修订颁行的。当时主要是凭责任、爱心、奉献在工作，我的体会是面对复杂的信访问题，必须要有人民情怀，诚心耐心，把握底线，慎重稳妥。

　　人民情怀就是牢固树立群众观点，践行党的群众路线，怀着对人民群众的深厚感情，从讲政治、顾大局、保稳定的高度，认真负责地对待每一件信访事项，把信访群众当亲人，把信访诉求当家事，站在信访人的角度思考问题，切实为他们着想，帮他们排忧解难。诚心耐心就是要本着真诚的态度，耐心倾听上访人的诉求。有的文化不高，表述啰嗦；有的态度强硬，言语偏激；有的多次缠访，满口埋怨，但都要平心静气，等他们把话说完，理解他们的心境，不要计较他们的态度和语气，了解他们的核心诉求，要专门设立"信访接待日"听取意见，由专人分管负责，有些问题一时无法解决，倾听，也是一种理解。把握底线有两方面：一是对信访人诉求问题的"政策底线"，一般多次上访和缠访的问题都比较复杂，政策性强，哪些能解决，哪些不可能解决应当做到心中有数，真心倾听和态度好不等于马上可以解决，对一些事情还不完全清楚的，政策界限还不明确的，切忌随意表态；二是信访工作人员自身的"行为底线"，信访人的诉求可能不合理甚至不可能解决，但你不能拒绝不理，他态度蛮横甚至出言不逊，我们不能对他发脾气，他有恶意的行为，我们不能越线违纪。慎重稳妥就是对复杂的信访事项的处理，要从全局角度来分析思考，要事实清楚，依据充分，政策明确，且不能前后失衡，留下后遗症，引发新的不稳定因素。

　　我在鄂北某市工作时，多次接访和处理过一个改制分流失业人员的问题。该同志是原系统内部工厂的一名职工，后企业改制出售给地方，他被动下岗失业，原单位的住房也被收回，他的诉求是一要恢复正式职工身份回来上班，二要补偿安排一套住房。他每次到单位上访，都指名要"一把手"接待，而且不表态不走。我到那工作时他已连续上访好几年，是一个老上访户，基层同志称之为"上访专业户"。每年全国"两会"期间、春节前夕或国庆有重大活动时，他就背起行囊赴京上访，出于维稳要求，必须组织专班接访，这个接访不是"接待"，是"接回来"，为了确保做到不赴京上访的政治要求，曾采取"分工包保""盯访""截访"等措施，但有时仍"防不胜访"，因为那时还没有明确规定对反复越级、缠访、闹访等违法行为的打击措施，只得拉锯式谈条件，不断消磨、退让、妥协，甚至变通，以求达到维稳要求，因为在当时情况下别无他法，保稳定才是最重要的。

我说的处理信访是一门学问，不在于这些态度、办法、专班等工作做法，而在于处理复杂信访事项过程中拉锯式消磨，如何以时间换空间，重要时期如何让步和把握让步的度，变通妥协的底线及会不会引发新的不平衡，坐在办公室批转信访件和基层具体处理环境是不同的，正常的信访件办理和复杂的历史遗留问题的缠访、闹访处理也是不同的，处理正常的信访件只要有责任感和耐心，按程序和政策办理即可，而复杂的信访问题往往是政策不明确，涉及多方面矛盾，甚至事关整个工作的平衡，有时实体问题不能解决要研究"程序上的合法"，以避免工作失职，没有一件复杂的信访事项不是在把握大的原则下，采取变通妥协的办法解决的，特殊敏感时期的让步、妥协、变通，如何把握时机、掌握度、注意平衡不要引发新问题才是一门学问。

效 率

要开短会

开会是现行体制下贯彻上级精神、研究部署工作的基本途径，也是导致会议繁多、以会议代替落实的官僚主义和形式主义的顽疾之一。因此，如何少开会、开短会，提高开会的质效，是提高整个工作效率的重要内容。

首先要尽量少开会。"上面千条线，下面一根针"，上级的各项政策和工作部署都要通过基层去落实，确定是必要的会肯定得开，会议可以集思广益、交流情况、加强领导、协调矛盾、推动工作，而且会议可以直面相对，有场景气氛和仪式感，能起到鼓舞士气、凝聚人心的作用。问题是，不能事事都开会，每天沉溺于"文山会海"之中，甚至会接连不断地开，没有精力去抓落实，会开完了工作就了事。习近平总书记在《关键在于抓落实》一文中用了一副对联：上联是"你开会我开会大家都开会"，下联是"你发文我发文大家都发文"，横批是"谁来落实"，这是对"文山会海"的绝妙讽刺。开会的目的是解决问题，推动工作。所以，没实际内容的会，或者发文就可以说清楚的，就不必要开会；纯属听取了解工作进展情况、进行督导检查的，也不一定要开会，可以直接深入基层；有些相关的业务工作会议，可以合并一起开；在开大的会议参会人员面比较广时，可根据情况套开有关专业会议；总之，能不开的不开，能合并的合并，确须开的要务实，提高会议效率，尽量开短会。

开长会容易，开短会难。开长会没有时间概念，不必动脑筋，文件照着转，稿子照着念，参会者轮流发言，扯到哪里是哪里。而开短会，则必须结合实际，精心准备，在内容、主题、重点、程序、时效上都要下一番功夫。从这个角度说，开长会就是照转照抄、走走过场的官僚主义和形式主义，本质上是一种懒政怠政行为。如果从主观愿望上就没想开短会，那还有思想观念上的错位，认为会议短了会漏掉内容，没体现对工作的重视，领导不逐个发言就不平衡，这些看法都偏离了开会的宗旨，会议的内容和效果与会议的长短并不呈正比，相反，真正有内容、高效、能落实的会都是短会。

要提高效率开短会，就必须压减一切与会议主题无关的东西，切实做到精练、务实、直接。如果是系统的、比较大的工作会议，一般要把握好四点：（1）明确开会目的。为什么开会，做什么事，什么人参加，达到什么效果。（2）精心进行准备。大的会议一般要成立专门的会务组，重点是内容、时间、议程、场务和生活安排，要议程紧凑，重点突出，责任明确。（3）严格按议程时间组织会议，严禁临时增加内容和超时随意发挥，更不能每个领导都轮流强调几句。（4）小结要简明扼要，归纳会议重点，明确落实责任，主持人切忌话语太长、重复啰嗦、画蛇添足。如果没有专门的讨论安排和套开会议，工作会议原则上半天时间；如果只是机关干部职工会议，最好不超过两个小时。平时开的比较多的例会是党委（党组）会和办公会，这两个会的内容首先要加以区别，党委会是研究"三重一大"的决策事项，办公会是研究业务工作和行政管理；会议决定程序也不同，一个是人人表态集体决策，一个是主官在听取各方意见后拍板决断；同时督办落实机构也不同，党委决策由组织人事科落实督办，行政会议事项督办由办公室负责。这两个会要开的务实、高效，基本的程序和组织要求是相同的，要严格注意把握以下七点：（1）拟定议题清单，要制订会议议题填报单，由主管科室提出，分管领导审核，上报主官领导确定；（2）上会前先听取意见或充分沟通，情况不清楚，意见不一致的不要提到会上研究，紧急必办的事除外；（3）紧扣议题讨论，意见态度明确，严禁模糊不清和离题闲扯；（4）除主管科室和分管同志外，不必推磨式重复发言，没有新的内容直接表态；（5）按决策程序作出决定，对一时意见难统一的，除事项急迫实行表决外，原则上下去沟通再议，不在会上纠缠浪费时间；（6）明确落实科室和督办责任，涉及多个科室的明确主办科室和牵头领导；（7）做好记录，准确、完整、规范，按要求印发纪要和存档。党组会或办公会的时间根据议题多少掌握，但一定要简洁、明确、务实，如议题太多可按轻重缓急分次开，切忌临时增加议题和离题讨论。

要开短会务实高效，还得学点会议心理学。你认为重要在那夸夸其谈，与会人并没认真听会无所事事，参加上级会议，你是听会人；你组织开会，下属是参会人，没谁愿意听人啰嗦漫无边际。要注意，别休息时开会，也别下班拖延时间开会，别人心急火燎等早点下班，你还慢条斯理再讲几句。我工作了几个地方，除重大紧急情况外，从不节假日双休加班开会，也不拖延占用下班时间，工作时间开会都来不及，怎么谈得上领导的工作能力和效率。

讲话言简意赅直达主题

对领导工作效率影响最大的有两方面，一是开会，二是讲话。开会要提高效率尽量开短会，这在前一篇已说过，这里专门说说要讲短话，简洁、准确、务实、管用，即要言简意赅，直达主题。

讲话是人们交流的主要方式，每个人都要通过语言来表达自己的思想和情感。作为一名领导，每天面对不同的工作场合，与不同层面的人打交道，处理各种不同的事情，如何简洁、准确、直接地表达自己的看法和意见，发挥好讲话的作用，显得尤为重要。简单明了、务实管用的讲话，可以明确表示态度，给人自信和激励，有利于推动工作，啰嗦冗长、含糊不清的讲话，让人不得要领，既浪费时间又不利于工作落实。古人曾把伟大人物的重要讲话说成"一言兴邦"，不好的讲话则是"一言丧邦"，我们从事实际工作，会讲话虽然不一定"一言成事"，但足以大大提高工作效率，而讲话不当肯定是不利于工作的，也可能是效率低下。

讲长话容易，讲短话难，这和开会的道理是一样的。如何才能做到讲短话，提高语言的表达效率，应该从这几个方面努力：

首先，要有思想观点，对事物和工作有深刻的认识和明确的意见。言为心声，文以载道，讲话、写文章、演说、表态、交流，都是为了表达心中的意见和想法，好的讲话必须是有思想，观点明确，内容实在，有思想才有好文章，有内容讲话才有分量。讲话前，要认真思考准备，想告诉别人什么，传递什么信息，表述什么意见，亮明什么态度，心中应该一清二楚，明白无误，才谈得上如何准确表达。现在有许多关于提高讲话或演讲水平的文章，从如何开头、切入正题、突出重点到结尾，这些都是技巧上的东西，一篇好的讲话，首要的是思想的深度和鲜明的观点，思想至上，内容为主，思想决定高度，内容决定形式，语言结构和形式只是把思想观点表达出来而已。心中有货才能给予，好的讲话首先得在思考研究问题、提高思想内涵上下功夫，有明确的思路、观点和意见，却只注意表达形式和技巧那是舍本求末。

其次，要简洁明了，直奔主题。鲜明的思想用简单的方式表达，才会产生强烈的效果。语言要简明扼要，言简意赅，不要虚张声势，故弄玄虚；要开门见山，直达主题，不必转弯抹角，穿靴戴帽。好的讲话犹如打仗时的单兵突击，要一下进入阵地的最前沿，领导讲话大多是为了解决问题，不能闪烁其辞，含糊不清，是就是是，非就是非，有一说一，掷地有声；要高度概括，字斟句酌，一言中的，切忌重复啰嗦，喋喋不休。拖沓绕圈子的语言让听众丧失兴趣，直击主题的表达才能增强吸引力。要简洁明了，必须对表达的思想有深刻的领悟，"删繁就简三秋树，领异标新二月花"。用简洁的语言表达丰富深刻的内容，就是讲好话、讲短话的硬功夫。

再次，要通俗易懂，实在管用。领导讲话大多是政务活动，不必过于追求文采和词句的华丽，要通俗明白、深入浅出，朴素、实在、管用。真理都是朴素的，好的文章和讲话也应当通俗简单。要讲实在话，讲管用的话，让群众听得懂，记得住，能落实。质胜文则实，文胜质则浮。古代汉赋名家，如司马相如的《上林赋》，枚乘的《七发》，张衡的《二京赋》，都是当时名誉天下的名篇，文辞极尽奢华，现在能有几人背得，倒是像王勃的《滕王阁序》、范公的《岳阳楼记》中那些文质兼备的句子至今还在流传。毛主席讲话、写文章，都是深入浅出的，曾经妇孺皆能背诵的"老三篇"，是既短又精，通俗易记，"老三篇"才四千七百多字，整整教育影响了一代人。

最后，要区分不同场合，注意讲话的效果。讲话要区分对象与场合，同样内容的讲话，在不同场合讲出来效果大相径庭。要区别正式场合和非正式场合，实质性会议和程序性会议，主题性讲话和象征性表态。正式场合用语要庄重、简洁、规范，非正式场合则可随和、幽默、俚俗；实质性会议可以围绕主题适当发挥，伸展有度，程序性会议则只需例行发言，勿轻易展开；主题性讲话可以思考全面，层次分明，象征性表态则只需高度概括，三言两语。我们常看到有的领导补充强调还拉开架式陈述，参加仪式性活动还一讲几十分钟，姑且不论讲的是否有内容，就其没把握场合角色，效果可能令人生厌。

要切实提高讲话的效率，就要牢记好的东西都是简单的。有人说，讲话根据内容，该长则长，该短则短。我认为，有内容的长也是相对的，要短些争取再短些。邓小平负责起草全国四届人大工作报告，只用了五千字。美国总统林肯在《葛斯底堡演说》中只用了三分钟十句话二百七十二个单词，这都是国家级活动的重大讲话，从事基层实际工作，何须一开口洋洋万言。我的主张是年度正式工作安排和总结讲话，不超过一个小时；其他重要工作和主题性讲话，半小时左右；程序性的例行讲话，十五分钟以内；至于参加各种庆典等象征性活动，讲话不必超过三分钟。

简约务实，力戒形式主义

简约务实，应该成为基层管理工作的一个基本原则。简约而不烦琐，才能抓住要事，突出重点，便于施行，务实才不致虚浮，抓而有力，避免形式主义。我认为，提高基层领导工作效率的三要素：开短会、讲短话、简约务实。

行至简之政，是中国几千年治国理政的智慧。《易经·系辞》里说："乾以易知，坤以简能；易则易知，简则易从。"平易才让人容易知解，简单才让人容易遵从。孔子曾提出"居敬行简"，认为执政者应以仁德之心，行简约之政，以达到天下的治善。老子更是主张无为而治，以简治国，这里的"无为"不是不作为，是少管不折腾。历史有很多事证明，简约治理带来发展与繁荣，繁苛管制带来停滞与贫困。是所谓，"非易不可以治大，非简不可以合众"。简政易从是我们治国理政的一个基本理念，而化繁为简则是我们基层管理的一项基本功。

人类的智慧都是相通的，西方管理学中有一个"奥卡姆剃刀原理"。这个原理的核心观点就是"如无需要，勿增实体"，即"简单有效原则"，主张对一切空洞无用的累赘，都应当无情地"剔除"，"切勿浪费较多东西去做，用较少东西，同样可以做好的事"。这个原理自14

世纪提出以来一直影响着西方管理界，近些年有些管理学者明确提出"简约化管理"，主张使复杂的问题简单化，简单的问题条理化，条理的问题更简单，从而压减一切不必要的工作，创造高效一流的管理。有一本流行的思维培训书叫《简单致胜》，作者罗杰斯极力推崇简单的工作理念，认为简单就是效率，"少就是多"，苹果手机能畅销影响世界，就是遵循了几乎无修饰的极简法则。这些管理理念确实值得我们借鉴。

如何才能删繁就简，做到简约务实，力戒形式主义，我的体会是忽略一切无关主旨的东西，剔除没有实际内容的信息，压减一切不必要的环节，简便、集约、直接地抓实工作，高效管理。具体做到"六个不"。

一、不要把工作安排得太复杂

工作安排得太复杂，就会让人不得要领，抓不住重点，要提纲挈领，简短明了。特别是主要领导，要突出重点工作和重要事项，其他工作要讲，也是强调一下以示重视，没必要展开，尤其不要将下级应做的基本事情也当工作安排，工作繁多则杂，头绪杂则乱，让人不知道从哪着手，向何处用力，一段时间也只能有一两项重点工作，多了就疲于应付，影响效率。

二、不要对上级规定的动作增添无关内容

上级安排的有些工作，内容、目的、要求已经清楚明了，下面就是抓好落实，有些同志往往喜欢在内容上拓展，增加自选动作，或者在要求上层层加码，以示重视或创新，结果使原本一项简单务实的事，变成了一个背着繁杂气囊的膨体物，既耗时费力又没有效益，实属画蛇添足，完全没有必要。

三、不要把每项工作都搞得有完整的仪式感

对全局的中心工作和重点工作，难度大的创新性工作，要从研究部署、具体安排、督导检查、评比总结，有一条完整的工作链，做到抓铁有痕，有始有终。而一些非重点的工作和业务事项，安排由分管的同志去抓，主管科室落实就行了，不必事事来一套程序，样样仪式到堂，这一是精力顾不过来，二是会助长形式主义。

四、不要想些花花点子搞表面政绩

工作的创新，应当在贯彻落实上级重大决策、全局重点工作和有难度的工作上扎实有为，奋力开拓，而不是在普通的工作上总结几个新鲜的提法，提几个响亮的口号，设计些光亮的仪式，或者想一些看起来热闹非凡，做起来没实质内容的花点子，弄几下"花拳绣腿"，靠走捷径来搞点面子政绩，这与务实的管理和效率完全背道而驰。

五、不要在细小事情上耗费过多的精力

工作有分工，职责有范围，制度有规定，没必要在一些具体事情上费精劳神，谁分管谁负责，谁主管谁去办。有的分管同志比较谨慎，遇事请示汇报，就大胆授权，有些问题比较复杂矛盾多，说明原则意见后由分管同志处理，不必纠缠细节，也不要过问一些应由下级处理的正常事情。可以建立"重点事项工作卡"，厘清哪些该过问，哪些不必管，对具体事，管得越少越好，有所不为才能有所为。

六、不要搞事事留痕的烦琐主义

研究重大决策和重要工作，开展重要活动，确实需要记录完整、规范归档，但有段时间强调要"事事留痕"，任何工作和事项，都要有记载、有记录、有数据，似乎这才表明抓了工作，落到了实处，弄得下面

天天应付数据，专门组织人员整资料、补笔记。一个领导下村走访扶贫，得有几个同志帮助整理资料、档案，这是一种打着抓落实之名的形式主义，好在后来及时得到纠正。我们抓工作，要着眼于问题的解决，事项的落实到位，不要舍本求末，在这些烦琐无用的形式上下功夫。

要学会"弹钢琴"

毛主席在《党委会的工作方法》中把开展工作比喻为"弹钢琴"，精辟地指出："弹钢琴要十个指头都动作，不能有的动，有的不动。但是，十个指头同时都按下去，那也不成调子。要产生好的音乐，十个指头的动作要有节奏，要互相配合。党委既要抓紧中心工作，又要围绕中心工作而同时开展其他方面的工作。"这对我们如何科学筹划，从全盘考虑抓工作，改进方法，提升效率指明了路径。

学会"弹钢琴"是对统筹兼顾，协调发展领导方式的形象表述。习近平总书记指出："统筹兼顾是中国共产党的一个科学方法论，它的哲学内涵就是马克思主义辩证法。"马克思主义的唯物辩证法认为，任何一个复杂的事物系统，都有主要矛盾和次要矛盾；任何一对矛盾，都有矛盾的主要方面和次要方面；解决问题，抓工作，要抓主要矛盾和矛盾的主要方面，但也不能忽视和代替次要矛盾和矛盾的次要方面，要兼顾重点和一般、整体和局部、当前和长远等方方面面的关系，是唯物辩证法的两点论和重点论的统一在实际工作中的具体运用。基层工作头绪多，任务重，事情杂，学会"弹钢琴"，既全面安排，又统筹兼顾；既突出重点，又照顾一般；既抓好本级，又处理好上下关系；既立足当前，又着眼长远，是提高基层工作效率的重要方法。

首先，要善于抓主要矛盾，突出工作重点。俗话说，"牵牛要牵牛鼻子"，"牛鼻子"就是工作中的主要矛盾，是处于支配地位，对全局工作和其他工作具有重要影响的突出问题，只有抓住"牛鼻子"，解决好主要矛盾，才能顺利推进各项工作。抓主要矛盾和重点工作，就要善于谋全局，抓大事，以重点带一般，以重点促全盘，体现唯物辩证法的重点论，避免主次不分的事务主义。这里有必要弄清主要矛盾、中心工作和重点工作的区别联系。主要矛盾肯定是一段时间的工作重点或重点工作，但不一定是中心工作。一个部门的中心工作是它的根本职责和任务，如税务部门的中心工作自然是组织收入，组织收入涉及工作的方方面面，只有某个问题和矛盾影响组织收入的大局，才是一段时间的工作重点，如扩大税源、强化管理、调整政策等。重点工作是工作的重要程度，主要矛盾是对全局工作的影响，两者的联系区别是，主要矛盾是可以变化的，重点工作是有阶段性的，而中心工作在正常情况下是既定的，在特殊情况下也可能发生变化，如现在的抗击新冠肺炎疫情，是大家都要面对的重点工作，但如果一个单位有了新冠肺炎疫情，那就是这个单位一段时间的中心工作。抓工作一定要弄清矛盾的主次，区别轻重缓急，集中力量抓大事、要事，精准发力，开拓进取，攻坚克难，抓出成效。

其次，要兼顾其他，注意各项工作的平衡发展。"弹钢琴"就要有系统思维，对工作统筹谋划，全盘考虑，既突出重点，也兼顾一般，不能搞单打一，顾此失彼，重点工作孤军突进，其他工作掉队落后。任何部门都是一个复杂的系统，方方面面的工作都是互相关联的，就内部来讲，就有中心工作、核心业务、综合管理、党建人事、群团社会等方面，少了任何一个方面，就会形成短板，对主要工作产生影响，所以在抓好重点工作的同时，一定要协调各方，保持平衡发展，既不要主次不分"一把抓",也要避免顾此失彼"打乱仗"。在内部既要确保中心任务和重点业务工作的完成,也要使其他工作和综合性管理保持齐头并进,同时还要与上级安排的中心工作、社会上的工作保持平衡,不能拖整个部门工作的后腿。也就是"十个指头都要动作",方方面面都要发力,不要出现"木桶原理"的短板效应。

最后,要处理好各种关系,确保工作协调高效有序。统筹兼顾的关键是正确处理和协调好各种工作关系,处理就是协调,协调就是驾驭,各种工作关系的协调高效有序就是统筹兼顾、全盘皆活的真谛。就一个部门来说,要处理好五种关系:(1)重点工作与一般工作的关系,集中精力奏好"主旋律",分工负责弹好"协奏曲";(2)业务工作与党建人事工作的关系,即"做事"与"管人",要围绕做事管人,管人为做好事服务,两者相互促进;(3)综合管理和事务性工作的关系,用综合管理统筹事务,服务业务,用优质的事务体现管理,为全局工作提供保障,两者并行不悖;(4)本级职能工作和上级中心工作的关系,将上级中心工作融入本级职能业务之中,用本级工作的出彩助力上级中心工作;(5)系统内部工作和社会工作的关系,运用部门优势服务社会管理,借助社会平台树好部门形象。总之,通盘考虑,统筹安排,协调共进,全面提升工作效率。

提高非常规决策能力

　　决策就是对要解决的事情作出决定和选择，它是领导活动的重要内容，从大到对重大工作和重要事项作出决定，小到日常管理和具体事务作出决断，以及对各种矛盾和问题作出判断选择，都属于决策的内容。美国管理学家西蒙说："管理就是决策。"非常规决策是对一些临时性、没有先例或者具有不确定性的事情进行处理和决断，有时可能是一种应急的处置措施，在目前社会变局加速、各种矛盾交织、信息充斥难辨的环境下，提高非常规决策能力显得非常重要。

　　非常规决策是相对于常规决策而言的，常规决策是对一些经常出现的问题和常规性工作进行的决策，基本上是情况清楚、信息充分、有章可循，有的事先进行了分析论证，是程序化的决策；而非常规决策是对偶然出现的，没有先例，带有突发性的事情进行决策，是非程序化的决策。非常规决策有三个主要特点：（1）偶发性，不经常出现，没有先例；（2）不确定性，信息不充分，情况不明，对结果预判具有风险；（3）急迫性，事先没有准备，事情出现了须迅速决断，应急处置。常规决策主要依靠集体智慧或专业机构的论证意见，而非常规决策，领导者的经验、才能、智慧、个性起着重大作用，非常规决策能力是领导综合素质和工作能力的重要体现。

　　什么样的情况下需要非常规决策，就我工作的部门来说，一般有这三种情况：一是政策不明确的业务工作和下级请示的非常规事项，在改革探索和社会转型过程中，这种事会不时出现，如税收管理的一些政策和管理办法不配套，有的还互相矛盾，有些政策规定落后于管理实际，如商业租赁的税收政策、乡镇零散税收申报征收方式、上市公司税收结算和滞纳金问题、政府平台税收的政策界定和税源管理等，这些事要做要处理，但在当时的政策规定中是没有明确依据的；二是上级如市里召开的需要当场表态的工作事项，这是典型的非常规性临时决策。有的事先通气征求意见还心中有数；有的临时召集，情况不明，完全没有准备；有的上级已定了调子，参加只是表态如何落实或变通落实，这种情况大多是招商引资的政策优惠、企业上市的税收遗留问题处理、地方重大项目建设和民生社会矛盾中的税收支持问题，按政策条款可能走不通，但实际情况又得办；三是工作中出现的突发事件，这是处理突发情况的应急管理，如突发集体越级上访，与纳税人发生重大冲突，工作中突发重大责任事故，干部意外死亡和偶发违法违纪案件等，这些问题不及时恰当处理，将会使工作被动，造成重大负面影响。

　　如何迅速、果断、恰当地处理各种非常规事项，特别是应对突发事件，是对领导决策能力和综合素质的考验，习近平总书记要求年轻干部要提高"七种能力"，其中两种就是"科学决策能力"和"应急处突能力"。首先，要有忧患意识和风险意识。《易经》云："君子安不忘危，存不忘亡，治不忘乱，是以身安国家可保。"居安思危是保持各项工作顺利稳定应对可能的危难不测的基本思维，不能满足于表面和眼前的安逸和平静，要对细微的矛盾和潜在问题，时刻保持如履薄冰的警觉，要善于在稳定繁荣的背后看到可能隐藏的问题。其次，要经常琢磨思考各种矛盾和问题，增强对事物的预见性。"凡事预则立，不预则废"，要努力成为本工作领域的行家里手，对工作和体制机制中的短板和漏洞做到心中有数，善于见微知著，观叶知秋，要用"逆向思维"来分析研究"大概率"问题，应对可能出现的"黑天鹅""灰犀牛"事件。最后，及时果断，敢于决策，正确决策。这是应对各种非常规事项和突发事件的关键环节。面对偶发的非常规事项，如果时间不紧迫，事先也有分析和预判，按已经思考成熟的意见决断就行；如果突发事件事先没任何准备，又时间紧急，在这种情况下，领导者的胆识、思维方式、决断力就非常重要。

面对突发事件，一是要敢于面对，不回避矛盾，不惊慌失措，冷静、沉着，临危不惧，第一时间了解事态的基本情况及可能产生的后果，越复杂越要镇定自如，领导的勇气和态度就是处理危机的"定心丸"；二是要及时决策，果断，坚决，突发情况没有现存处理方案可供选择，而且信息不充分事态也是变化的，但又要立即作出处理，这时要把握总体原则目标，运用"极限思维"和"弹性决策"，总体目标原则不能变，在政策范围内争取最好地解决问题的可能性，同时考虑事态恶化最坏情况的应对办法，具体处理意见保持弹性，留有余地，情况有变化可以及时修正调整，亚马逊的创始人杰克·贝佐斯曾提出，拥有了70%的信息就可以及时作出决定，不完善的决策比丧失时机没有决策任由事态发展更重要。三是要及时跟踪调整，直到事情彻底解决。要善于沟通、指挥协调，用好现有资源，专班处理善后，复杂的问题可能还要动员多方力量，共同协作，达成目标。一次突发事件的处理，就像一场突发的遭遇战，只有随机应变，有勇有谋，方能指挥得胜。

做实工作与做好考绩

考绩就是对工作的绩效进行考核评价，原来的考绩主要采取目标责任制的方法，后来根据工作要求的发展变化，借鉴现代企业绩效管理理论和考核评估的办法，对工作实行全面的绩效考核。绩效考核与目标考核有一定相同之处，也有很大区别。目标责任制是只对主要工作进行分解，确定目标和分值，年终一次考核，主要是考核目标结果，按得分多少确定业绩；绩效考核是把所有工作都纳入考核范围，有定量指标也有定性指标，对重要创新性工作可以加分，对基本的规定动作实行扣分，对安全责任事故和廉政问题在先进档次上一票否决，还有上级班子对下级工作的综合评价，绩效考核看结果也注重过程，有量化指标也有主观评价，半年督办检查，年终综合考评，按各类指标的成绩和权重分值综合确定工作业绩。绩效考核反映一个部门和单位的综合业绩，体现了一个部门的发展、工作地位和荣誉，而且还关系所有干部职工的奖励待遇，所以必须高度重视，要在扎扎实实做好各项工作的基础上，切实做好、做实、做细绩效考核工作，确保绩效考核能真实、全面地反映部门的实际工作情况。

绩效考绩按主体对象可分为两个层面，一是上级对本部门单位的考核，二是本级对下级单位的考核。本级对下级的考核，我的一贯主张是，一切从简务实，对上级规定得很明确的事项和指标，不要随意增添加码，对特别重要的中心工作和核心业务，可适当细化便于落实，对上级考核内容中没有的自创性工作，能并入上级重点工作的加分项目最好，若不能并入可单独评价，不必在绩效考核中另外立项增加基层负担。这里重点要说的是，如何做好上级对本部门本单位的绩效考核。

第一，要有一个正确的态度。考核的目的是正确反映工作，改进工作，促进工作，不是为了考核而考核，也不是因为名次荣誉，或者与待遇挂钩而盲目投入精力资源，要本着对事业负责，对工作负责的高度责任感，以一颗平常心，作为检验工作成效的一个环节和手段，实事求是地抓实抓好。

第二，要周密部署，科学安排。"一把手"要亲自抓，组建工作专班，将各项任务指标分解到科室，责任到人，分管领导和主管科室目标清楚，责任明确；要制订全面的考核工作责任清单，对每项工作的目标、标准、时限都进行明确规定，按时进行督办，一项项地落实，一件件地完成。

第三，要认真梳理分类，突出工作重点。要对所有考核的工作按工作量和分值权重进行分类，对重点工作，要集中力量，全力以赴，力争创新出彩；对一般性工作，要落到位，不缺件掉队；对量化指标，要争先靠前，对定性的主观评价，要确保不能扣分；对自创的重点工作，要汇报清楚，展示效果，赢得上级认可。

第四，要预先自评，查漏补缺。这是提前发现工作的薄弱点，主动自纠整改，打牢基础的重要环节，自评标准要高、要严、要细，要一项项地扣，一件件地过，还要交叉互评，综合汇总，看哪有漏洞，短板在哪，对可能扣分的疑点问题，单独提出来研究解决，确保方方面面万无一失。

第五，要主动对口沟通，防止工作出现偏差。主动沟通非常重要，有人说，绩效考核七分工作，三分沟通。这话有一定道理，主动沟通汇报，体现了对工作的负责和对上级的尊重，让对口主管部门事先了解你的工作情况，对可能存在的疑点问题帮助纠正，这不仅是避免扣分，也是主动整改做实工作。

第六，要正确对待考核结果，切实起推动作用。考核的最终目的还是在于不断改进推动工作。如果业绩优异靠前，要感谢大家共同努力，继续坚持发扬；如果成绩不理想，切忌心存怨气，责怪大家。工作按一流的标准做，考核按最好的成绩争取，结果已出则正确对待，不足的首先问责罪己，分析失误原因，下次着力改进。要特别记住，考核仅是评价手段，切实推进各项工作才是考核的目的。

最后说点题外话，考核既是对工作的考核，也是对一个部门主要领导和班子的考量。考核的既是工作，也有人脉和情感，主要领导的资历能力、人脉关系、在上级和各方面的形象地位，对考绩有一定影响，特别是对下级班子的主观评价和综合排名，主要领导的地位形象潜在地起着作用。所以，要确保考绩的名次和效果，在做好、做实工作的基础上，提升主要领导的个人形象和人格魅力也是必要的。

学会正确汇报

　　汇报是向上级机关报告工作、反映情况、提出意见或建议的主要途径，是上下级沟通交流的重要手段，有学者把汇报说成"向上管理"，意思是通过向上汇报赢得领导的支持帮助，从而更好地实现工作目标。做领导工作，每天都面临着各种请示汇报事项，也要向上级机关和领导汇报有关情况，汇报是一项不可避免的工作，正确适当的汇报，可以让上级了解、支持你的工作，帮助你解决工作中的问题，创造更好的工作环境，提升业绩水平和地位形象。常有人调侃地说："辛辛苦苦地干，不如会汇报。"这话虽有些偏颇，但学会正确汇报对领导活动的确相当重要。

　　如何正确地汇报，网络上的许多文章和培训书都有专门论述，如要认真准备，要简洁务实，要突出重点，要注意表达方式，要把控好时间等，这些都是技巧和基本常识，而真理总是具体的，不同对象场合的汇报方式和要求是不同的，一切以时间、地点为转移。在实际工作中，要达到汇报的期望值，必须对汇报的对象、场合、目的、方式加以研究和区别，以便最好地实现我们汇报的目标。

　　第一，要了解汇报的对象。如同作战要了解对手，营销要了解消费者一样，汇报工作也要了解对方，熟知汇报对象，才能有的放矢。要从任职经历、个性特点、工作风格、处事方式等方面进行了解，不能对新来的领导省略本单位的基本情况，也不必对熟悉情况的领导讲一些多余的话；对路过顺便听下工作的领导不必准备复杂的材料，也不能对专项调研的领导只汇报简单笼统的问题；对比较粗放型领导不要过于细致具体；而对较细微敏感的领导，则要相对具体注意细节；对喜欢思考研究的领导可以多反映基层的矛盾问题；对不熟悉基层走走形式的调研者，不必汇报实质性问题和矛盾。这不是为了投其所好，而是毛主席说的"看人说话，量体裁衣"。

第二，要明确汇报的目的。汇报干什么，为什么汇报，达到什么目的，要想清楚、弄明白，这对我们如何汇报非常重要。汇报的基本目的有两种：一种是让上级了解你的工作情况，知道你在怎么做，增加对你的认知和信任，提升在领导心目中的地位；另一种是反映工作的困难问题，请求上级指示意见，帮助解决问题，促进工作。大多数汇报可能兼而有之，也有例行的象征性汇报。对于了解工作情况的汇报，要突出重点，有特色，多汇报领导关注、关心的事，不讲、少讲一般性困难和问题；对请求上级解决问题的汇报，工作成绩只是铺垫，关键是如何切入问题，既要把事说清楚，又要与上级的要求挂上钩，并要提供可行性建议，由领导斟酌拍板。汇报问题建议要留有余地，让领导有思考回旋的空间，也许当时不能马上拍板，但让领导对问题心中有数有个基本态度，也是向问题解决迈进了一步。

第三，要区别不同场合。不同的场合，汇报的内容和方式不同。比较大的正式场合，汇报材料要准备充分，既简明扼要又突出重点，一般来说，大的场合不适合提敏感性建议，重点是对上级关心的事怎么做，如何抓落实，有问题建议只是粗略性提下，不要随意展开发挥，汇报清楚明白、干净利落；比较小范围的场合，可以根据领导对工作和基层的熟悉情况，适当灵活轻松些，对领导关心的问题，可以适当展开，但要围绕主题，把握好时间，让领导能充分表达意见；至于个别场合，单独汇报，完全视工作的内容和与领导的熟悉程度而定，是越简单越好，要言不烦，直截了当，解决问题。

第四，要采取恰当的方式。对象、目的、场合决定汇报的方式，而适当的方式能更好地增强效果。这些方式包括范围、场景、人员，汇报的时机、表述方法，时间掌握及如何提请上级指导表态等。开头寒暄要短，三言两语拉近距离；切入主题要快，用语简练朴实，事情丰富生动；审度把握要准，对领导关心的问题可提供数据、图表或单独的小典型材料；结束态度要正，对上级领导的意见要当即表态，简单、明确、坚决。

学会正确汇报，必须消除心理上的顾虑，不能认为只要把工作做好，汇不汇报不重要，或者平时无事不汇报，有了问题怕挨批评不敢汇报，一定要主动汇报，汇报就是沟通、了解、信任，对领导关心的重点工作要跟踪汇报，有了问题要第一时间汇报，挨批评也比隐瞒问题造成失误追责好。有时汇报就是体现对上级的尊重，这方面我曾吃过亏：在一年的行风评议工作中，我本来所有工作都名列前茅，但在最后综合确定名次时，因刚从外地培训回来，没给市主管领导汇报，结果定为第二名。事后我吸取教训，每年到这个工作时都主动上门汇报，年年都确保了第一或并列第一。汇报还有一条要切记，宁愿不说或少说，也不要编故事、说假话，正确的方法是为了更好达成目标，而假话则是忽悠欺骗，最后误事害己。总之，一个好的领导，既会务实地干，也会正确地说。

处 世

要有积极的社交商

　　畅销书《情商》的作者丹尼尔·戈尔曼还写过一本《社交商》，他提出人们在具有情商即情绪自我管理的基础上，如何处理与他人的关系即"社交商"也非常重要，他认为，社交商决定着我们的心智表现，影响生活的方方面面，甚至决定着人生的走向和成败。在他看来，所有的商业管理和营销活动都是与人打交道，提高与人打交道的社交能力即"社交商"，才是通向职场成功的重要途径。无独有偶，还有一本书叫《关系决定成败》，作者厄卡夫是个销售天才，他引导告诉人们，如何与客户和他人建立并保持良好的人脉关系，是取得职业成功的关键。他的观点告诉我们一个道理，社交能力和人际关系在领导活动中起着重要作用。

　　人是有情感意识的群居动物，马克思说过："人的本质并不是单个人所固有的抽象物，在其现实性上，它是一切社会关系的总和。"人的属性就需要交往，中国古代就有许多关于人际社交的主张和观点，《诗经·小雅》曰："嘤其鸣矣，求其友声。"孔子把"忠恕"作为人们交往处世的基本原则，忠者，尽心为人；恕者，推己及人。古代许多有名的政治家、军事家都是社交高手，如战国时期的一些纵横派人才就是靠出色的社交活动取得成功的，东晋名将陶侃也是因为几次出色的社交表现赢得了成功的机会。陶侃出身贫寒，初为县中小吏时，郡孝廉范逵路过，仓促间无以待客，陶母剪下头发卖给别人换回酒菜招待，客人畅饮甚欢，临行时相送百里，范逵见其待人真诚，处世周全，便在郡守面前极力称赞陶侃，郡守召他到州府为官，因才能出众又举荐他到京城洛阳。陶侃刚到京城，就拜访当时重臣张华时，因他来自偏远之地，没把他当回事，但陶侃并不在意，每次去都神色安然，后来与其交谈惊其有治世之才，遂得重用。陶侃先后任郡守、刺史、太尉，督诸州军事，几平叛乱，史称在他治理下的荆州"路不拾遗"，他是在东晋士族门阀制度盛行的情况下，是唯一由寒门庶子到位极人臣的有作为的人。所以有人说，智商决定是否录用，情商可能影响升迁，而社交商则决定你的成功。

当今社会高度信息化，经济的开放和分工复杂，人们相互依存度增加，较强的社交能力显得更为重要。综合来讲，积极社交有以下五点好处：（1）共享信息资源，我们在工作和生活中需要大量的信息资源，而每个人的第一手信息是非常有限的，大量的信息资源需要通过与他人打交道获得，社交则是信息资源共享、彼此交流协作的不二途径，我们每次出行要用地图导航，就是要通过卫星系统共享道路实时信息，以便顺畅准确地驾驶。（2）相互认知增进感情，社交是沟通的桥梁，人们通过社交活动，交流语言和传导情绪，体会别人的感受，能相互认知，引起共鸣，增进与他人的感情。（3）有利于建立良好的人际关系，良好的人际关系是职场最重要的资源，社交活动的沟通、交流、认知，都是为了建立良好的人脉关系，人缘多，则思路广，人缘好，则工作顺，管理的层次越高，越要重视人脉关系。（4）更好地充实完善自我，人们因相互依赖而存在，也在相互交往中认识和提高自己，社交就是从他人那里认识自我，变他人的思想为自己的思维，变他人的经验为自己的知识，从而增加自己的阅历和才干。（5）缓解压力有利于身心健康，交流使人的肌体处于活跃、积极状态，让人心情愉悦，心里轻松，抑郁的情绪得到缓解，培根在《论友谊》中说："与人倾诉有两个好处，使快乐加倍，忧愁减半。"交流就像一剂良药，可以减少急躁、麻烦和心理压抑，有利于身心健康。

如何提高社交情商水平，第一，要态度积极，乐观自信，积极的人生态度就会消除对社交活动的顾虑，主动参与和寻求与他人交流，乐观自信就会充满活力，感染他人，要学会微笑，全球连锁酒店希尔顿公司董事长每天对员工说的一句话就是："今天你对客人微笑了吗?"社交活动就是个人品牌的营销，积极、乐观、自信的态度就是成功的基础。第二，要待人以诚，怀德为善，社交商不仅是一种交际技巧，而且是一种心智沟通的过程，必须是心怀赤诚，真诚交流，只有待人以诚，才能进入心灵，赢得他人的认可和共鸣，建立良好的关系和友谊，不能暗藏心机，巧言趋利，搞相互利用的"一锤子买卖"。第三，要把握角色，张弛有度，要把握不同社交场合的角色，正式的场合宜庄重严谨，非正式的场合可轻松随和；系统内的活动可热情大度，系统外的活动不可过于张扬，参加上级的活动要会拾漏补缺，参加同行的活动可内敛谦让，场合不同，社交表现和方法应不一样，要得体、适度，符合角色身份。第四，要落落大方，彰显个性，畏首缩脚、猥琐懦弱是社交活动的大敌，要慷慨自如，豪爽大方，要学会欣赏，学会赞美，学会"有条件地表态"，学会留有余地，要发挥自身的优势，形成自己的风格，彰显个性特点，树立良好的社交形象。

把握好在地方发展中的角色

角色是由于社会职能分工所形成的，它的本质是一种社会关系，每个人把握好自身角色，按角色行事，就可以算是一种成功。部门主官是部门职能角色的代表，把握角色定位，才能更好地履职担责。税务部门既是政府的职能组成部分，但各项工作业务又以上级主管机关垂直管理为主，是政策业务、机构人事管理在上级部门，具体工作的对象、履职环境在地方，既要服从"条条"，又要服务"块块"，处理好与地方党委政府的关系，在服务地方发展中找准位置，主动开拓，积极进取，才能有为有位。

从税收收入的来源上看，经济决定税收，税收来源于经济，一个地方经济发展程度，经济总量、结构和质量，决定了税收收入的状况，收入总量、结构和质量，税收是经济增长的"晴雨表"，有什么样的经济，就会有什么样的税收。经济稳定持续高质量的增长，才会带来税收稳定持续高质量的增长，坚持从经济到税收的思想，把服务地方经济发展放在首位，是做好一切税收工作的出发点和落脚点。

从税收征收实现的方式上看，社会转型时期，税收法制的完善和人们纳税意识的提高有一个过程，税收征收方式和征管手段的完善也有一个过程，在征收过程中，除税务部门自身严格依法征管外，地方党委政府，各部门、企业和千千万万纳税人的重视、支持、配合非常重要，尤其是改革发展中的新型税源、各种隐蔽税源、零散税源和一次性税源，主要有赖于政府的重视支持和相关部门的协调配合。

从税收职能实现的目的上看，税收的目的是"取之于民、用之于民"，收税是为了更好满足地方公共财政的需要，服务和改善民生，改善地方基础设施建设，助力经济发展。税收实现的调控调节，能使市场机制更完善，经济布局和产业结构更合理，市场主体更有活力，竞争更公平。税收的政策导向，可以鼓励支持就业创业，调节个人收入分配，打击危害经济秩序的行为，稳定社会和谐。一言以蔽之，税收就是服务地方经济发展大局，为民生福祉提供保障，为企业发展输液造血。

从税务部门工作的条件上看，税务部门的基础建设、办公环境、经费保障、荣誉地位，包括干部职工的福利待遇和绩效奖励，都与税务部门在地方的作为息息相关，地方党委政府的支持，就会直接影响税收事业的发展兴旺，是可谓"一言兴税"。可以说，上级主管部门决定谁在这里干，而地方党委政府决定着你如何干，干得好不好。

思路决定出路，角色决定作为。只有从服务地方经济发展的大局出发，紧紧依靠地方党委政府及相关部门的支持配合开展工作，才能很好地担当角色，正确履职，做出成绩。

首先，履行好根本职能，努力壮大地方财力。总量决定分量，块头体现地位，税收部门的根本任务是要收好税，把地方经济发展的成果体现在税收收入的增长上，为地方发展提供更多的财力保障，这是税收工作职能和地位的根本体现，没有收入的壮大和增长，一切地位无从谈起。要自加压力，勇挑重担，拓展税源，挖潜征收，以收入快速、稳定和高质量增长的实绩，赢得地方党委政府的认可和信任。

其次，要发挥部门优势，支持地方经济发展。要运用部门职能优势，主动参与，融入地方经济发展的大合唱：对地方经济发展战略，要积极参与，从税收的视野提出建议当好参谋；对政府确定的招商引资项目，要全程服务提供优惠；对企业发展中的瓶颈和突出问题，主动提供税收辅导，帮助排忧解难；对涉及改善民生和社会稳定的问题，要用好用足政策，倾注全力支持；对符合发展方向的地方特色产业，要拓宽工作思路，拟定符合本地实际的优惠措施；要充分运用调控手段，支持和激活各类市场主体，培育发展后续税源和潜力产业，增强发展后劲和活力。

最后，要优化税收服务，营造一流的发展环境。企业和纳税人是我们的衣食父母，为纳税人服务天经地义。税收服务是多方面的，最基本就是减税降费，落实各项减免优惠政策；改进纳税服务，减并程序和减少环节，压减一切不必要的数据报表；积极推行"放管服"改革，实行"一窗通办"，一次办结，首问责任制，简便、快捷、高效；主动为纳税人办实事，解难题，持续开展"便民春风服务"，送政策上门，重点企业要一对一服务，等等，关键是要有"人人都是发展环境"的意识，管好干部，带好队伍，用一流的税收服务，营造一流的营商环境。

一分耕耘一分收获，苍天不负奋斗者。服务地方发展的辛勤汗水，换来的是税务部门自身的发展兴旺，既出色完成收入任务，又优化自身工作环境，提升税务部门形象，自己在任职工作期间，每年的绩效考核、招商引资、优化营商环境、行风评议、综合治理、基层党建、文明创建等方面都是"满堂红"，两个地方建成全国文明单位，自己也获得了一些荣誉和好评，在服务地方发展中勇于履职作为，是驱动经济与税收良性循环的互动双赢。

忠诚、关爱与友善

　　人的关系是多维的，但在工作中，最基本的关系就是上级、下级与同事，如何处理这些关系，直接影响到我们工作的效率和质量，我的基本观点是，对上要忠诚，对下要关爱，对同事或同行要友善。

　　中国是一个文明古国，历来注重礼仪和人际关系，儒家常讲的"五伦"就是人与人之间五种基本的关系，孔子在《论语·八佾》中提出了处理上下级关系的基本原则，即"君使臣以礼，臣事君以忠"。也就是说，上级对下属要信任，以礼相待，下属对上级要忠诚，尽心尽力。当然，现在的上下级关系是在共同革命目标下的同志式关系，正如毛主席所讲的："我们的一切工作干部，无论职务高低，都是人民的勤务员。"同志式关系本质上是平等、合作、互助的关系，但是，职务分工不同，担负责任不同，同样有上级、下级和同级的角色要求，处理好这些关系的方法还是相通的。

　　首先是对上要忠诚。忠诚是中国优秀传统文化强调的奉公尽职的一种品德，共产党人历来强调忠诚的品质，习近平总书记多次指出："领导干部要忠诚干净担当，忠诚始终是第一位的。"上级是领导机关，代表的是组织，是组织培养任用了你，组织给了你工作的平台，对上忠诚是基本的要求。忠诚不是口头上的表态，而是从内心深处的尊重、信仰和服从，是行动上的担当作为。干部就要干事，领导就要负责，要有坚定的信念，自觉服从和维护党中央的统一领导和权威，毫无保留地在政治上与上级保持一致，对组织安排的工作，不讲条件，不打折扣，无论任何困难，都要勇于付出，砥砺前行，担一方责任，干一方事业，为组织尽责，让组织放心，就是对忠诚的最好诠释。忠诚源于真诚，是一种态度和信仰，是忠于党的事业，忠于组织，忠于职守，不是对领导个人的盲从和依附，唯唯诺诺，跟班站队。要有坚定的政治原则，沉稳坚毅，把握大局，坚持对事业负责，在工作中不唯书，不唯上，只唯实，敢于实事求是，坚持真理。毛主席曾推崇西汉的大臣赵充国，说"这个人很能坚持真理"，赵充国在率兵抗击西羌侵扰边境的过程中，主张不要一味出兵追击，建议屯田御敌，即节约国家开支，又以逸待劳，开始汉宣帝和大多数朝臣反对，连赵充国的儿子也劝他不要违背皇帝的旨意，赵充国不顾个人安危，一次次上书陈述意见，分析利弊，经过好几个回合，大臣十有八九被说服了，汉宣帝终于接受了他的意见，赢来了西部边境的稳定安宁。

其次是对下要关爱。如果说领导是指挥员，下属就是你的作战部队，领导是人的大脑，下属就是人的肢体和手足，任何一项工作，都有赖于下属去完成。古人云："上下同欲者胜。"善待下属凝聚人心是一切工作的致胜之本。善待不是一般的尊重和礼貌，而是真诚的信任、关心和爱护。在这方面要学刘邦不要学项羽，要在政治上关心下属，善于识别发现下属的才干和能力，为他们施展才华提供机会，对看准了的干部大胆提拔重用，对干部提拔重用就是最大的关心和激励。要搞五湖四海，对干部一碗水端平，不搞个人小圈子，要宽厚待人，真心爱护他们，经常与他们谈心，鼓励他们的长处，包容小的过失，对工作中的问题能"揽过担责"，要关心干部的生活和实际困难，为他们分忧解难。

我在某副中心城市工作时，下班后走访单身职工宿舍，看见他们住的房屋年久失修，条件非常简陋，第二天便主动和分管同志商量，分批对单身职工宿舍进行改造维修，并统一配备双人床、沙发、热水器、电视、洗衣机等基本家用设施，使这些干部感受到组织的温暖，工作时干劲倍增，有重要工作时勇挑重担，许多同志成为能独立工作的业务骨干。

最后是对同行要友善。同行既包括一个单位的同事，也包括从事相同工作一个大系统的同志，作为一个部门主官，单位的同事基本上是下属，这里说的同行主要是本级班子成员和一个系统的同事，对他们要友好、包容、和善。就是以朋友之心真诚待人，与人为善，和谐相处，不孤傲自恃，以势压人，要严于律己，宽以待人，"己所不欲，勿施于人"，多理解、多信任、多宽容、多谦让，善于扬人之长，能够容人之过，有气量胸怀，不要在小事情上计较，有问题多沟通，少一些责备和抱怨，珍惜在一起共事的缘分，互信互助，和衷共济，共同干事创业，体现人生价值。对一个系统的同行，尊重、谦让、见贤思齐。无论资历长短、工作能力强弱、岗位地域差异、个性禀赋如何，都以礼相待，坦诚友好，尊重不同人的处世风格。每个人的成长经历不同，但都有他的优势和独到之处，三人行，必有我师，见其贤，则思齐。同行相处，要适当谦让内敛，多称赞他人的个性长处，不必争风占利，议人之短，避免生隙积怨。莎士比亚曾说："对众人一视同仁，对少数人推心置腹，对任何人不要辜负。"善待同事同行，是一种人生态度和修行，虽时刻警醒自律，但赢得的是工作环境和口碑。

社交要有利于工作

　　我们生活在一个相互依赖的社会环境中，相互交往是生活中的必需品。有人说，交往越广泛越好，广泛的交往可能给人带来更多的信息和帮助，但如果身在一个偏远又相对封闭的环境中，这种想法可能就是一种奢望；有人说，要多与高层次的人交往，或者说要建立高质量的社交圈，但如果生活在低层，自身没有任何资源，单凭攀附如何与人交往，这有点痴人说梦；还有人说，要充分利用一切关系，分别建立工作圈、生活圈、同学圈、朋友圈、家庭圈等不同的社交圈子，这对有一定地位拥有众多资源的人尚可，而对本身工作和生活面较窄的人则纯属麻烦。因此，人在生活中社交虽必不可少，但如何社交则因人而异，其主要取决于一个人的职业和生活预期对社交的需求。

　　社交是一种社会关系，是人们在社会生产及其他社会活动中发生的相互联系、交流和交换，根据马克思历史唯物主义的观点，存在决定意识，人们对物质条件和对精神生活的追求，决定社交活动的需求，社交具有意识上的主动性和目的性，人们不可能为了毫无价值没有意义的事去社交，也不会拒绝能带来自我生活质量提升的社会活动。社交的本质是交换与互享，它的作用如作家萧伯纳所说的："你有一种思想，我有一种思想，彼此交换就有了两种思想。"社交的前提是要拥有一定资源，无论是物质的、精神的或社会信息的，如同"弱国无外交"一样，资源贫乏者也不可能有社交，交者，交互交往，"来而不往非礼也"，只往不来则不成交。所以，人们在社会生产生活中的地位，自身拥有的资源，以及人们对职业和生活目标的价值追求，决定了人们社交需求的范围、条件和质量，就从事领导工作者而言，拥有一定社会资源，每天面临着大量的信息和繁杂的事务，对社交作出适当的选择，从事有效的即有利于提升工作质量的社交活动是必要的。

如何从事有效的社交活动，有许多学者和专著进行过研究和论述，其中比较有影响的是"150定律"，即人类智力所允许的最大稳定社交网络的人数大约是150人，这个推断由英国人类学家罗宾·邓巴在20世纪90年代提出，所以又称"邓巴数字"。商业上还有一个"密友五次元理论"，就是说一个人的财富和智慧，是与你接触最多的五个人的平均值。这些理论说明，人的精力是有限的，朋友在于精而不在于多，社交在于有效而不在于泛。根据对与工作的关联和影响程度，我们可将社交范围分为有直接联系的核心层、有稳定联系的紧密层和有一定联系的松散层。核心层主要是上级直接领导，与主要业务有直接联系的相关部门，这些人对工作环境和职能的履行有最直接的影响，如市里分管常务副市长，财政、审计、人行、工商等部门的负责人，上级领导的信任支持就是工作环境，至少要与直接分管的领导建立良好的个人关系，这是做好工作的前提。与主要业务有直接联系的部门，直接影响着工作的进度和效率，要随时联系协调，加强感情交流，核心层人不宜多，五到七人即可。有稳定联系的紧密层，是对某项或某个侧面的工作有重要影响，这些工作有时也会影响到全局工作环境和质量，如发改、招商、规划、统计、纪委、文明委、机关工委、公安、检察等部门，要定期走访联系，主动汇报沟通，增进理解支持，营造好的环境。有一定联系的松散层，主要是其他与部门工作有一定关联的群团组织、新闻单位和重点企业纳税人，大多是有事才联系，但也不能忽视，要彼此尊重、友好、适度，有事尽量提供方便，如果是遇事主动找别人，要心敬意诚，记得感恩，因为社交圈也是变化的，或许一次偶然的善举，能交一个对你有帮助的好友。

社交活动有主动和被动，有事先准备的正式场合。也有偶遇的非正式场合。对于核心层和紧密层，大多是主动社交，松散层可能被动居多，但也有主动的，这些社交活动的一个基本原则，必须是有效的，即要有利于工作，那些无效的应酬，甚至会影响心情带来副作用社交，必须学会拒绝。核心层的交往可以直接带来工作效率，而有些部门交往也有助于某些工作的成功，如一项重要的基本建设就是用心交往赢得各部门支持的结果，与企业家交往也有必要，他们不仅是税源的基础，有时还能帮你拓展思路，营造口碑。社交既要有效，不耗时，也要注意方法和分寸，切忌过于功利，或借社交显露自己，要顺其自然，推客为主，让其占利尽兴，乐意为你服务，这才是成功的社交。

社交还要注意的是，与本单位和身边人一起，要特别谨慎注意，要严格区别工作和业余生活，不要在业余场合闲议工作，不用个人感情代替组织原则，不把社交活动变成搞团团伙伙，不要让口风不紧或个性张扬的人参与业余生活。同时，与女下属接触，要保持距离，把握分寸，避免单独带女下属参加社交活动，因为这超出了工作的范围，是在为她栽刺，也会给自己带来闲言碎语和负面效应。

不要与有负能量的人交朋友

有社交就会有朋友，朋友是指志向相同、情趣相投、彼此了解熟悉，经常在一起相聚交流并能互相帮助的人。中国有句俗话"在家靠父母，出外靠朋友"，把朋友摆在很高的位置，一个良友至交，可以改变一个人一生的命运，如春秋时期的"管鲍之交"，一个普通好友，也能滋润你的生活，但一个奸佞损友，也可以将你拖入深渊。所以说，好的朋友是一生的财富，而错误的择友也可能毁人一生。

中国历来注重交友择友，主张行有好伴，住有好邻，慎交友，择善而交。先贤圣哲们也曾多有论述，孔子曰："益者三友，损者三友。友直、友谅、友多闻，益矣。友便辟，友善柔，友便佞，损矣。"认为与正直的人、诚信的人、知识广博的人交朋友是有益的，与谀媚逢迎的人、当面奉承背后诽谤的人、善于花言巧语的人交朋友是有害的。晚清重臣曾国藩曾根据一生的经验总结了交友的原则即"八交九不交"，"八交"：交胜己者、盛德者、趣味者、肯吃亏者、直言者、志趣广大者、惠在当厄者、体谅者；"九不交"：不交志不同者、谀人者、恩怨颠倒者、好占便宜者、全无性情者、不孝不悌者、迂腐者、落井下石者、德薄者。曾国藩认为，一个人想要成功，必须懂得这"八交九不交"，与君子为友，远离小人，才可以成就事业。

先贤们的经验和教诲，为我们慎交友、交好友提供了明鉴，但一般人的修为难以达到这样的层次，连鲁迅也感叹，"人生得一知己足矣"，而人在社会中，总不能孤影独行，那就应宽宥以求，"人至察则无徒，水至清则无鱼"，而且社会的交往，总是因互利互惠才会走到一起，生活的实际，能遇至交知己自然倾心以待，而互利无损也未尝不可，但应尽量避免结交害人损友，不要与有负能量的人交朋友。习近平总书记告诫领导干部，"人情之中有原则，交往之中有政治，身为领导干部，一定要严格交友的原则，慎交友，交好友，哪些人该交，哪些人不该交，要心里有杆秤"。

要避免与负能量的人打交道，先要认清负能量人的基本特点：（1）极其自私，自私是负能量人的最直接表现，万事私字当头，有利无孔不入，从不考虑他人感受，只要自己私心得逞，不顾起码的做人底线；（2）态度悲观，稍不如意就抱怨他人，埋怨生活不公，有问题都是别人的错，对社会抱着仇视心理；（3）嫉妒心强，见不得别人比自己好，心胸狭窄，心里阴暗，喜欢幸灾乐祸，看人笑话，总希望别人比他糟糕才心满意足；（4）心理脆弱，防范意识强，敏感固执，遇事爱发脾气，好像世界都欠他的，有时容易走极端；（5）为人刻薄，喜欢搬弄是非，背后议人长短，当面一套，背后一套，阳奉阴违，害人坑人；（6）是非不分，缺少正义感和同情心，没有团队意识，不知道感恩，缺乏基本的诚信和道德等等。负能量的人有求于人时，主要表现是，曲意逢迎，谦恭有加，巧言令色，谀媚攀附，当面表态信誓旦旦，背后承诺丢若敝屣，风向一变转舵调航，为了利益翻脸无情。我们在社交择友时不可不察，切忌让表象蒙骗了自己。

负能量的人大致分两类：一类是个性和心理褊狭的人，他给人们带来消极情绪，影响人的心情和精神状况，对这种人要远离和适当抑制即可；另一类是充满心计、图谋私利的人，本来就抱有目的，只是刚开始善于伪装，如何做到防患于未然，唯有做强自身，去掉私心杂念，不受利益诱惑，做到五毒不侵，才能避免落入圈套。古人云："以利相交，利尽则散；以势相交，势去则倾；惟以心相交，方成其久远。"许多人因交友不慎而丧失原则，一步步堕落走向深渊，并不是不识他人的虚诈，而是自身心存私念，难拒诱惑图饱私欲而已。

"近朱者赤，近墨者黑。"昔日孟母三迁，就是为了找个好邻居，环境可以改变人，要避免与有负能量的人交朋友，必须管好身边人，净化社交圈，从源头防范。单位里有负能量的人，我们知道底细，远离和防范比较容易，而社会上一些有求于你的人，都是通过身边熟人、朋友介绍认识的，刚开始感觉良好，等接触几次有了来往或欠了人情，事情毛病就来了，理智的天平就会慢慢倾斜。我的一个朋友，原来在常务副职上工作，做事谨慎低调，后来调到一个与建设项目有关的主管部门任"一把手"，该单位分管业务的副职人缘广、哥们义气浓，常与建筑老板沆瀣一气，慢慢地把他也拉下水，最后双双丢掉公职身陷囹圄。狼之所以能钻进栏栅叼走羊，就是从撕破那根没扎紧的篱笆开始的。身边的人一定要三观正，不越位，不揽事，要守规矩，有底线，不能借领导的影响搞小动作，不能以领导之名随意插手，对有所求带有负能量的人，一定要保持高度警惕，学会把关拒绝，减少不必要的麻烦，避免"温水煮青蛙"，慢慢误入歧途。

为人处事把握好度

"度"在中国文化中是一个非常重要的概念，为人处事把握好度，是处理人际关系的一个基本准则，也是做人的一种境界。德国哲学家叔本华说："人就像冬天里的刺猬，互相靠得太近，会觉得刺痛；彼此离得太远，却又会感觉寒冷。"这就是人们常说的"刺猬理论"，用西方的哲学语言对中国为人处世"度"的诠释。

度的本意是指伸张两臂量的长短，引申为计量、法度，哲学上的度是指事物保持一定质的量的界限、幅度和范围，为人处事的"度"，就是在人际交往和处理事情中要把握的"分寸"和"尺度"，即接触的距离和亲近的程度。孔子主张做人的关键要把握好度，防止"过犹不及"，认为人际关系要恰到好处，"近则不逊，远则怨"。人际交往中"度"的范围很广，有接触距离的远与近，说话语言的亲与疏，走动频率的多与少，诉求办事的深与浅，人情往来的重与轻，等等。作为领导干部，不可避免地要经常与身边人和上级领导打交道，我的一个基本观点是，对身边人不要过于亲密，与领导要适当保持距离。

对身边人不要太亲密。与身边人每天生活工作在一起，有一种自然的亲近感，对身边人应当尊重、信任和善待，这是毋庸置疑的，但是，不能过于亲密，凡事过则损，过于亲密则容易产生副作用：一是滋生娇宠之气。在领导身边工作，常被人高看一眼，有时说话办事，人们会认为是领导的意图，有的把握不住位置角色，依仗领导的信赖或亲近，恃宠而骄，慢待他人，有的甚至越位发话，损害领导形象。二是招惹其他人嫉妒。嫉妒是人的天性，在领导身边必定是少数人，过于亲密，会让其他同志产生落差，觉得身边人吃香，搞特殊，会心生不满，有的甚至暗中结仇。三是助长不正之风。许多人想办事，都是从领导身边人开始打主意的，过于亲密会误导人们，只要打通身边关节，就可以搞定领导，这给一些用心不正的人找关系，寻路子，牟取非法利益提供了机会。对身边人，工作上一视同仁，生活上要从严要求，决不能搞特殊，不能借领导影响向下面开口，不要让身边人越位掺和工作，也不委托身边人违规办私事。对身边人过于亲密，既是在给自己抹黑，也是在纵容他们犯错误。

与领导保持适当的距离。这个观点或许有些人不赞同，他们认为，就是要靠近领导，与领导亲密接触，走进领导的生活圈子，好博取领导信任，赢得提携发展的机会。这是把亲近与信任混为一谈，信任靠工作，靠品行，靠真诚的为人处事，而不是与领导套近乎，过度热情，频繁往来，甚至不分彼此，什么事都搅在一起，依附盲从，这既不符合做人的度，也容易在领导犯错时殃祸于己。南北朝时傅昭写过一本《处世明镜》，专门教人如何为人处事，里面说："金玉满堂，久而不知其贵；兰蕙满庭，久而不闻其香。故，鲜生喜，熟生厌也，君子戒之。"与人交往，要防止"久而生厌，亲而生隙"，要追求"花未全开月正好"的境界。过近过密，既容易互相伤害，也会招惹他人非议。尽管与领导再熟，也不要与领导称兄道弟，不要代替领导说话，不要参与领导家事，不要帮违反原则的忙，也不必进入领导个人生活的小圈子。水满则溢，月盈则亏，吃饭尚且七分饱，做人何须十分亲。

与领导保持适当距离，不要无原则地盲目跟从，这既是做人的原则，也是从政的明训。古今有很多正反两方面的例子。春秋时晋国大夫智果，为人足智多谋，颇有政治远见，当初选智瑶当智氏家族接班人，他就认为不合适，智瑶执政后，智果多次进言不听，智果预感智氏家族即将倾覆，提前避祸改姓，后来韩、魏、赵三家联手灭了智氏家族，唯智果一支血脉得以保存。反面事例则更惨烈，西晋时的潘岳就比较典型，潘岳是古代美男子，俗称"潘安"，也是大文人，与当时的文人名士结成"二十四友"，投靠权臣贾谧，潘岳为"二十四友"之首，对贾谧极尽阿谀奉承，每当贾谧驱车进出，常望尘而拜，连潘岳的母亲都看不惯他的行为，劝他要知足，不要没完没了，后来贾氏集团因事被诛，潘安受牵连被夷灭三族。临刑前与母亲道别，说"负阿母"，但世间没有后悔药，悔之已晚。近些年的反腐"打虎"，一个地方或部门的主官倒台，揪出一批连案、窝案，也给我们提供了明鉴。

还有一点，对上级机关的领导成员，要保持等距离交往，都一样尊重服从，不能分彼此，有亲有疏，即使有的领导不欣赏你，也不要疏远抱怨，不要议论领导是非，不参与上级领导之间的矛盾，不要让人划入是哪个领导的圈子，如果有的领导喜欢搞小圈子，要小心回避，不得罪也不参与，不要把个人的前途依附于某一个人，对领导保持敬重和距离，本本分分做事，老老实实做人，才是正确的处世之道。

别把廉价的赞美当回事

渴望赞美是人的天性，人人都爱听恭维话，都希望被人欣赏，中国传统文化中交际之道，也是见面拱手说好话。在与人交往中，真心欣赏，适度赞美是有必要的，但作为领导，喜欢听恭维话，在意别人廉价的赞美，则是一种大脑失聪、智力低下的"幼稚病"。

喜欢图虚名、听恭维话是心智不成熟的表现。《群书治要·体论》中说："人主之大患，莫大乎好名，人主好名，则群臣之所要矣。"就是说，领导者的祸患，没有比爱好虚名更大的了，一旦领导者爱好虚名，下属就知道他想要什么，然后投其所好。生活中这种廉价的赞美随处可见，逢女人夸气质，遇男人赞有才，见官捧其有魄力，碰到商人称其有头脑，对所有人都说够朋友，大多是随口而说，或出于礼貌，有的是言不由衷，但有的领导特别在意，有时别人不善言辞，还专门引导诱问，让别人夸耀一番才心满意足。人类心理学研究表明，一个人越自卑，越在意别人的赞美评价；一个人心理越强大，越不在意那些没价值的赞美。虽然有时礼节性的恭维赞美可以缓和气氛，摆脱尴尬的困境，但那是迫于环境的应酬，确不必在意当真。有人说，只有不成熟的孩子和灵魂已经衰老的人，才最爱听表扬和恭维的话。乐于听赞美是满足虚荣，在一片赞扬和恭维声中，就会慢慢丧失理智判断，变得自恋自大，甚至走向自我毁灭。

人贵有自知之明。《道德经》中说："知人者智，自知者明。"《战国策》中有一个"邹忌讽齐王纳谏"的故事，邹忌身高八尺，身材颜值光艳亮丽，有一天他穿好衣服先后问自己的妻子、小妾："我和城北的美男子徐公比谁更美？"妻妾都说："徐公怎么能和你比呢！"有客人来，他又问也是这样的回答，有一天徐公来拜访，他看了看徐公，又对着镜子看了看自己，觉得自己怎么也比不上徐公，晚上他躺在床上反复想这件事，终于明白：因为妻子偏爱他，小妾惧怕他，客人有求他，才违心恭维。于是第二天上朝，邹忌用这件事讽喻齐威王虚心纳谏，齐王听从了他的建议，一时齐国大治，邻国皆来朝见。泰戈尔曾说："世界上最难的事就是认识自己。"爱听恭维话的人身处险境，能听到批评话的人是一种幸运。

有人说"赞美"会使人处于兴奋满足的状态，更易于发挥潜力，有助于成功。如在对小孩教育中，经常夸赞"你真棒"，可鼓励他更好成长，这个说法被美国斯坦福大学的一个研究报告所否定，该校著名发展心理学家卡萝尔·德韦克和她的团队花了10年时间，潜心研究"表扬"对孩子的影响，样本涉及20所学校400名学生，结论是表扬把小孩变得脆弱，频繁地赞美表扬使小孩非常要面子，不愿面对挑战，有时夸大自己成绩，甚至作弊掩盖失败。这个结论被畅销书《关键教养报告》引用后产生广泛影响。这告诉我们，没有价值的赞美不会有助于成功，只会助长虚荣，文过饰非，不仅自己不能在意，教育小孩也不要一味赞美。

前段时间在网上看到一个退休干部的短文，说在位时常有企业老板相邀，酒局娱乐间恭维有加，把他能力为人捧上天，还说退休后请他当顾问，帮企业出谋划策，增光添彩，而真正退休后，却一直没有动静，几个月过去他有点按捺不住，打电话过去别人寒暄，避而不谈聘请顾问的事，结果气得几夜睡不着，郁闷地在网上发帖叹气。这是有人看你在职时曲意承奉，虽不足取，但我们自身要头脑清醒，别把那些随口恭维当回事，才不至于自寻烦恼，心有落差。

对当面称赞要保持几分警惕，好话使人丧失理智，良言使人保持清醒。人性的弱点就是经不起恭维，有营销书说，"客户只要被赞美，智力马上降一半"。廉价的赞美是裹着糖衣的慢性毒药，进口甜美，入心有害。有人赞美你，是为了满足他自己，有人赞美你，是在设置陷阱。俄国克雷洛夫寓言中有一则《乌鸦与狐狸》的故事，一只狐狸经过树下看见乌鸦嘴里叼着肉，就恭维乌鸦长得漂亮唱歌也一定好听，乌鸦一听心花怒放，刚一张嘴，肉就掉下去落到狐狸嘴里。看来，"皇帝的新衣"不是皇帝才有的富贵病，连鸟类的虚荣也足以让其丧失起码的警惕上当受骗。

人与人之间交往需要相互认同，那应当是源自真诚，发自内心，客观适度的，是建立在为人做事的善行和品德的基础之上的，背后的赞美胜过当面的恭维，离任后的称赞才是发自内心的肯定。不在别人的吹捧里飘飘然，不在别人的赞美下忘乎所以，常自知自省，才是一个领导成熟的表现。在人际交往中，对廉价的赞美既不必在意，还要保持几分清醒。赞美并不会增加你的智慧和价值，反而容易失去正常的判断和理智。

修　身

既勇于做事，又淡泊名利

　　"做事"与"名利"是人生无法回避的问题，人在社会上生存生活，就必须要劳动做事，做事就有收获报酬，物质上的所获就是利，精神上的评价就是名。人的一生就是正确做事并获得名利的过程。现在有一些"心灵鸡汤"，抽象地说做人要不求名利，只要健康快乐就行，这是没任何实际价值的"阿Q式说法"。人生活在社会中，健康需要物质条件和环境，快乐是既要有物质基础，又要有精神上的愉悦与认同，正如有人所说的，"哪有什么岁月静好，只是别人在替你负重前行"。恩格斯在批判费尔巴哈时曾说："与其说社会进步的动力是'善良意志'，那还远不如黑格尔说'恶'是社会进步的动力来得深刻，利己的、对名利的执着追逐，点燃了人们的欲望之火，也激发了他们空前的创造能力。"从这个意义上说，名利是社会进步的动力。愉悦的人生并不是要看空一切名利，而是如何对待名利，追求什么样的名利。

　　关于"名利"问题的看法涉及人生态度、人的价值这样的哲学问题，西方哲学界对这个问题历来没有统一的看法，中国古代大致有两种观点：一种是儒家的积极入世的观点，主张"修身齐家治国平天下"，勇担社会责任，"达则兼济天下，穷则独善其身"。孔子曰："天下有道则见，无道则隐。邦有道，贫且贱焉，耻也；邦无道，富且贵焉，耻也。"就是说天下有道则出来为官做事，天下无道则隐居不出，国家有道自己贫贱是耻辱的，国家无道自己富贵也是耻辱的。另一种是道家超然出世的观点，主张看淡功名利禄，一切顺应自然，清静无为，万事莫争。其实，道家也不是完全不问世事的出世观，只是主张道法自然，不强行折腾，以"无为"达到"有为"，《道德经》结尾里说："天之道，利而不害；圣人之道，为而不争。"还是要有利有为，只是不害不争。

共产党人是马克思主义的唯物论者，也是革命的现实主义者，唯物主义承认物质利益是社会生活的基础，也是一切社会进步的基本动力，共产党人并不排斥正当的个人利益，而是要追求为人类大多数人谋利益，也不是不要功名，而是要敢于担当作为，为党和国家建功立业，为人民争取更多的实际利益。在为人民服务上，我们要有儒家的积极态度，勇于担当做事；在对待名利上，要有道家的思想境界，看轻看淡不争。

首先要勇于担当做事。不做事，不作为，不为国家和人民带来任何好处，何以奢谈名利，如同没有攀登过高山，却看轻山峦的风光一样；如同没有遨游过大海，却看淡大海的风景一样；岂不是酸得可笑。我们生活在一个民族复兴的盛世，要立志作为，用心奋斗做事，努力为人民做成几件有益的事，才谈得上不计较个人名利得失。现在有一种倾向，自视清高看淡一切，以不求名利之辞而放弃社会责任担当，实际上是一种精致的利己主义。于国无尺寸之功，于民无分毫之利，何言看淡勿与计较！

说起淡泊名利，可能会联想到历史上的隐者。古代最早有名的隐者是许由，相传帝尧曾访贤向他请教并想传位于他，被他严词拒绝，后又要封他做"九州长"，他认为这是对他的侮辱，竟跑到颍水河里去洗耳朵，因年代久远，许由的作为无从得知，后来有人解释，那时做天子是件没有利益的辛苦事，许由的推辞既免劳累辛苦又博得美名。东汉时的严光，曾与刘秀是同学，刘秀当皇帝后，几次召他进京做官，他都躲避拒绝，后人都敬仰他视富贵如浮云的气节，问题是，严光并没追随刘秀打天下，真要为官，纯是沾了与皇帝同窗的光，且其为官后能否至善也未可知，这样既保持与皇帝的情谊，又不用担责受约束，实在是博取名利的另一途径。

共产党人以民族振兴和人民幸福为己任，应以对人民和社会的实际贡献来评判一个人的作为，不应当追求那种不负责任、自我清静的虚名，要既勇于担当做事，又不计较个人名利得失，只要有利国家造福人民就在所不辞。在近代，林则徐堪称一个杰出的代表。林则徐的"虎门销烟"大家都熟悉，但他还是一个治水专家，曾担任过东河总督，专司黄河河务。鸦片战争后，林则徐被免职发配新疆，行程中，适逢黄河决口，皇帝命他折回协助治理，效力赎罪，黄河决口堵住治成之时，林则徐仍被遣往伊犁，在新疆流放三年间，他协助地方官员垦地屯田，兴修水利，包括推广坎儿井，在南疆勘查垦地时仅行程就两万里，以一个戴罪之身，为新疆各族人民做了大量好事。林则徐每次受命都是在国家危难之际，"苟利国家生死以，岂因祸福避趋之"，这种不计个人名利为国家民族效命的精神，才是我们应当效法学习的。

作为在基层工作的干部，本没什么名利可言，因为既不可能像伟人们那样创造丰功伟绩，改变国家和人民的命运，也无法像大人物那样呼风唤雨，留下政绩口碑；然而就是普通人，也要淡化名利思想，才可能专心做好具体事，倘能不负民众期望，获得好评，也算是无悔无憾，知足心安。正如亚里士多德所说的："人生的幸福就是把灵魂安放在最适当的位置。"

不要与人攀比

文学家歌德说："生活累，一小半源于生存，一大半源于攀比。"攀比会带来压力，增加生活的烦恼；攀比会带来抱怨，产生心理的落差；攀比容易滋生妒忌，甚至埋下仇恨的种子；过度的攀比逆行还会使人铤而走险，倾覆自己的人生。如果你不想自寻烦恼或在愤愤不平中生活，那就不要盲目与人攀比。

人与人之间不要盲目攀比，这并非弱者自我心理的安慰，而是因为大千世界芸芸众生，每个人都是独一无二的，虽然每个人都对生活充满期待，但在社会现实中的状况却千差万别，生活成长的环境不同，受的教育、工作的平台和起点的差别，有人奋斗了一辈子还达不到别人生活的起点；尽管生活环境大致相同，但人的志向、目标和价值追求各异，社会机遇也不一样，不是每片森林的幼苗都会长成参天大树；再者，有基本相同的环境和追求，个人的智力、个性禀赋和努力程度也不可能一样，十个指头有长短，生活的佼佼者毕竟是少数。这些决定了人与人之间没必要盲目攀比，盲目攀比就是拿别人的优势和自己较劲，只有承认差距，放宽心态，才能做最好的自己。

有人说，攀比就是眼界窄，格局小，因为世界之大，总是"山外有山，人外有人"。老子曰："得其所利，必虑其害；乐其所成，必顾

170

其所毁。"正如小草不必与大树比高矮，大树有广阔的天，小草有辽阔的地；清茶不必和咖啡比品位，咖啡有浓烈的香，清茶有淡雅的味。有一则关于鹰与兔子的寓言，鹰说："假如让我再活一次，我要做一次兔子，有吃有住，还受人保护。"兔子则说："假如让我再活一次，我要做一回鹰，遨游四海，任意杀鸡捕兔。"小溪在羡慕大海的波涛汹涌，大海却欣赏着小溪的清澈宁静，普通人羡慕高光者四处风光的掌声，名流们却羡慕普通人悠闲自得的生活，你在平地上遥看远处的风景，远处的风景或许也正在看着你。

不攀比，不是一味活在自己的世界里，不要进取、努力和竞争，人在社会上生活，总要与人相处，互相学习交流，这就有比较，正常的比较可以产生生活的激情和动力，如比做人，比素质，比修养等，这样的比可以学人之长，克己之短，提高自身素质和生活质量；攀比是不顾自身的情况和条件，盲目地向上即向高标准比，如比地位，比待遇，比赚钱，比消费。颜回是孔子最得意的门生，孔子称赞他"一箪食，一瓢饮，在陋巷，人也不堪其忧，回也不改其乐"。安贫乐道才能做好学问，做事也要专心致志，不要与人攀比。

不要攀比权势地位。每个人的造化不同，位高权重可能令人敬羡，但其责任风险也随之增加，高处不胜寒也不是每个人都能承受，事有大小，机遇也有迟早，任何人不能选择历史，只能在既定条件下做好该做的事。清初名臣于成龙，年轻时曾屡试不第，44岁才补缺到广西偏僻的罗城县任职，他不嫌路远地荒，条件艰苦，两三年内就把局势混乱的罗城县治理得井井有条，百姓安居乐业，被广西省推举为唯一的"卓异"，即吏部定期考核中政绩突出、才能优异的官吏，于成龙为官二十余年，曾三次被推举"卓异"，后官至直隶巡抚、两江总督，被康熙称赞为"天下廉吏第一"。一个有作为的人，都是从条件最艰苦的小事做起，才会有后来的成就。不计条件，不攀高嫌低，或许是能做成事的重要前提。

不要攀比财富待遇。社会行业不同，收入差别总是客观存在，一些行业精英，高居社会收入顶端，有的是个人奋斗的回报，有的是从上辈继承，也有的可能是行业垄断，付出和福报的天平总体是平衡的，《围炉夜话》里说"名利之不宜得者竟得之，福终成祸；困穷之最难耐者能耐之，苦定回甘"。作为公职人员，既然选择了这个职业，就应当甘于清贫，不要羡慕高收入人群的待遇，除非你是顶级人物，总有人在你之上，但更多的人是比你更为平凡和艰辛。道不同勿攀比，攀比就容易出毛病，走邪路。许多人在公职的道上却想像企业家那样赚钱聚财，岂不是误入歧途迷失自己。要讲攀比炫富，非西晋时的王恺、石崇莫属，一个是官二代，一个是京城首富，刚开始两人比物的奢华，后来比人的排场，是"蜡烛当柴烧，劝酒斩美人"，令当时的人们目瞪口呆，这种奢侈之风为西晋王朝的短命埋下了伏笔，最后斗富冠军因祸举家被杀，钱财两空。

不要在家庭生活上与人攀比。每个家庭的情况都是不同的，一千个家庭就有一千个活法，不用比豪宅，比名车，比消费，比小孩的奢侈娇宠，也不用比家庭生活的小日子如何甜蜜惬意。"家有万贯，也是一日三餐；锦衣玉食，也是黑白一天。"浅薄和虚荣总是一对孪生兄弟，表面的光鲜并不一定有丰实的内涵，有人年轻时朝夕相伴，老了却劳燕分飞；有的工作时劳累奔波离多聚少，但退休后却可以携手共度晚年；有的走出门秀恩爱吸人眼球，走回家却身心疲惫一地鸡毛。正如有人所说的，美好的家庭大致相似，而难念的经却是不同的，做自己该做的事，珍惜眼前，活好当下才是最好的。

常怀感恩之心

感恩是一种生活态度，是一种文化素质和修养，是人的内心深处自我溯源回馈他人的情感与善行。感恩产生责任，滋生美德，心怀感恩的人，会对社会充满感激和爱心，对工作敬业而忠诚，对他人坦荡、友好与包容。感恩会使人在顺境时大方慷慨，在逆境时执着坚强，懂得感恩，是一个人心智的成熟，是做人修为的一种境界，是一个人为人处事的德行在灵魂深处的升华与觉悟。

常怀感恩之心，是中华民族几千年传统文化的基本美德。《诗经·大雅》里说"投之以桃，报之以李"，《增广贤文》里讲做人要"滴水之恩，当涌泉相报"，民间俗语有"羊有跪乳之恩，鸦有反哺之义"，这些都是强调要懂得感恩，知恩图报的。中国古代有许多感恩图报的故事，如黄香暖席、包拯视嫂如母、韩信报一饭之恩以千金相赠等。"感恩"在汉语词典里的解释是"对别人所给的帮助表示感激"，《牛津英汉词典》解释为"乐于把得到好处的感激呈现出来且回馈他人"。感恩的本质含义是感激与回报。

人之所以要感恩，是因为人的成长、创造和享受的一切，都直接或间接来源于他人的付出与馈赠。感恩是人性的一个基本品质，是对生命价值和意义的追寻与回馈，历史上有成就的人无一不是懂得感恩的人。

一个人要感恩的东西很多，但大致可以分为两个方面——工作和生活，在工作上，感恩组织、感恩同事；在生活上，感恩家人、感恩社会。

要感恩组织。组织就是我们头上的天，天容纳万物，光照世界，给任何生命以生活成长的机会，组织对每个干部的包容哺育也如上天滋润万物一般，给我们以政治生命，我们的每一点进步，每一次成长，每一项成功，都是组织信任、关怀、任用的结果，要常常告诫自己，一个人的本领再大，没组织给你提供舞台，就不会有精彩的人生。不是组织依赖你工作，而是你离开了组织将一事无成。"世有伯乐，而后有千里马"，无论马的跑道远近，都是组织这个"伯乐"之功。自己人生的两次重要转折，都是组织的关怀提供了机遇：第一次是在军队干部任用制度已经改革几乎没有可能的情况下破格提干，使我成了干部队伍的一员；第二次是在没有思想准备和个人请求的情况下提任到异地担任"一把手"，组织的信赖和安排，只有感恩接受，异地工作的十几年，增长了经历和才干，享受了带领大家干事创业的乐趣，也丰富提高了自己。组织是我们做好任何事的后盾，唯有感恩，才能信仰坚定，忠诚担当，也才有成功的可能。

要感恩同事。同事是人生道路上有缘互相成就的人，就像船长必须感恩水手，将军必须感恩士兵，企业老板必须感恩员工一样，我们应当感恩和自己一起干事创业的人，任何一件事情的做成，任何一项任务的完成，都是所有同事共同努力、团结奋斗的结果。或许，你只是一个发话或决策，大量繁杂具体而又艰巨的工作要靠大家去完成，一件事做成了，有了成绩，坐在台上享受掌声和赞誉的是我们，而广大干部群众的辛勤奉献却是默默无闻的，没有理由不感恩他们，对支持你工作和有贡献的人自然要感恩，对曾经为难过你的人也要感恩，他从反面锻炼了你，使你思考问题更周全，意志更坚定，内心更强大。工作总是短暂易逝的，但优秀的同事却可以成为良师益友，自己庆幸工作了几个地方，既同大家一起干事，也交了一些好友，现在虽退休几年，还常有往来交流，感恩使人的心里更宽广，精神更愉悦。

要感恩家人。一个人的成长、成功离不开家庭环境和家人的支持，家庭教育、家庭环境的熏陶铸就你的性格和品质，家人的鼓励和付出是一个人成功的重要条件。要感恩父母的养育，无论你走多远、飞多高，都会在心里牵挂你，无论成功和挫折、喜悦和忧愁，他们都会默默关注你，为你祈祷祝福；要感谢一路与你同甘共苦的人，包括生命的另一半和未来，他们的理解支持就是生活的源泉，尽管工作有时烦恼和不如意，但只要和他们在一起，则又激起前行的动力；还要感恩手足之情和一切为你点赞的人，他们是上天赐予你人生同行的有缘人。作为一名领导干部，家人的理解鼓励就是最大的支持，他们是你生活舞台的第一观众，也是激发你生命潜能的终生粉丝。

要感恩社会。以什么样的心态去对待社会，是一个人的生活态度和修为，社会没有我们想象中得那样纯，但也不是像有人愤愤指责得那样坏，社会上的一切，都是总体平衡，由无序到有序，每个人都在社会上生存生活，汲取营养，创造价值，享受生命的过程，"我看江山多妩媚，江山看我应如是"，你用什么心态对待社会，社会就会用什么回报你。小草回报大地以葱绿，花朵回报阳光以艳丽，人在社会，当回报以奉献和壮美。我常羡慕小区的保洁工，他们早起晚归，勤恳敬业，尽管每天都是扫地捡垃圾的事，却乐观自信，忧乐无虑，要感恩他们的劳动，提供清洁优美的环境，还带给我们愉悦美好的心情。感恩社会，感恩生活，感恩生命中遇到的一切，才是积极乐观的人生，拥有一颗感恩的心，生活才充满阳光，心灵才不会孤单，世界才会有健康的幸福和温暖。

吾日三省吾身

"吾日三省吾身"出自《论语·学而》。曾子在回答孔子提问时说："吾日三省吾身：为人谋而不忠乎，与朋友交而不信乎，传而不习乎?"就是说，曾子每天都自觉省察自己，看为人办事是否竭心尽力，与朋友交往是否诚心诚意，老师传授的功课是否温习，换言之，就是自查"忠""信""习"的功夫。

曾子是孔子弟子中年龄最小的一位，16岁拜孔子为师，深得孔子真传。他勤奋好学，性情沉稳，为人谦恭，以孝著称，是孔子门生中学术成就最大的一位，参与编辑《论语》，著有《大学》《孝经》等儒家经典，被后人誉为"宗圣"。曾子之所以取得这样的成就，得益于他长期的"三省吾身"的习惯和修为，自省是儒家倡导的修身律己，自我提高的基本方法。

共产党人是中华民族优秀文化的继承者，历来强调修身崇德，自省正己，习近平总书记曾引用"修其身，治其心，然后可以为政天下"的古训，强调干部修身律己的重要性。自己在工作中也常审问自己，做了什么事，做得对不对，应当如何做；早起提前到办公室，看今天要做什么，下班晚点走，看今天的事有没有做完，睡觉前再想一想，明天应该做什么，还写成工作卡片对照检查；现在回想起来太浅显，那仅是最基本的工作做法，离真正的修身还差之甚远，仔细反思，我觉得要修身律己，提高思想境界，必须常思"人生三问"，常破"心中之贼"。

常思"人生三问"，即我是谁，我从哪里来，我到哪里去。作为一个哲学命题，最早是由古希腊哲学家柏拉图提出来的，它思考的是人与世界的关系、生命的本质等根本性问题，这个问题在生活中有多种类似的表述，如党性教育中的"入党为什么、在党干什么、身后留什么"，工作中的"我从哪里来、要到哪里去、应当怎样做"，党史教育中的"我是谁、为了谁、依靠谁"，等等，说到底是一个人的世界观、人生观、价值观。作为共产党人，国家公职人员，必须把握自身的社会角色，不忘初心和使命，自觉践行无产阶级的人生观和价值观，要时刻牢记，自己来自人民群众，应当服务于人民，最后还是归之于人民。要有坚定的理想和信念，坚信党的事业，坚信社会主义道路，坚信为人民利益的价值追求；要经常扪心自问，在领导岗位为党尽责没有，拿国家俸禄为民办事没有，受人尊敬做出贡献没有；要知道应当干什么，怎么干，牢记从哪里来，要向何处去，应当留下什么。要有为不争名，担责不图利，常思伟人之教诲，常比英烈之壮举，常察民众之艰辛，把对党和人民的忠诚内化于心，外化于行，珍惜盛世，不负韶华，在时代的征程中走好自己的人生路，交出让人民群众满意的"答卷"。

常破"心中之贼"。"破心中贼"是明代思想家王阳明提出的一个修身命题，原文出自王阳明《与杨仕德薛尚谦书》："破山中贼易，破心中贼难。"意思是说打败山中的贼寇容易，要战胜心中的恶习很难。"心中之贼"就是人心中各种不良的想法、习惯和品行，如何"破心中贼"，王阳明提出"事上练""心上修"，就是在做事上历练，在身心上修正。《鉴心录》中说："奋始怠终，修业之贼也；缓前急后，应事之贼也；躁心浮气，蓄德之贼也；疾言厉色，处众之贼也。"把有始无

177

终、前缓后急、心浮气躁、疾言厉色作为修业、做事、养性、处世的大敌。我认为从修身的角度，"破心中贼"主要是去私、少欲、戒躁，去私则无我，少欲则不贪，戒躁则心定。

去私不是无私，而是去除私心杂念。东汉的大臣第五伦为官奉公守节天下著名，有人问他："人家都说你大公无私，难道你真的没有一点私心吗?"第五伦说："昔日有人送千里马，我虽没接受，但每次朝廷考核官吏，我心里总想起他，只不过终究没有重用；我兄长的儿子病了，我一夜去探望几次，但回来就睡了；我自己的儿子病了，虽一次不去探望，却在床上终夜难眠，你说我这是完全没有私心吗!"他的回答告诉人们，尽管竭力克己奉公，也难以完全杜绝私心。去私就是在履行职责时大公无私，处理私事时公私分明，集体和个人利益矛盾时先公后私，危难关头祖国需要时无我无私。

少欲就是少一点享受之欲，不贪身外之物。从谋事看，少欲则心静，心静则事简；从做人看，少欲则知足，知足则常乐。欲和贪是一对孪生姐妹，过分的欲望必然导致贪婪，执公器为政者，要戒奢从简，不贪不占，不要追求制度之外的利益和享受。戒躁就是克服心中骄躁之气，骄生躁，躁则疾言厉色，唯我独尊，听不得不同意见，看不见自身毛病，久而久之，则专横执拗，偏激生弊。人贵有自知，自知则自省，修身就是省心正己，回归本源，知己之过，明辨得失，心宁气定，宠辱不惊，不以物喜，不以己悲，"知其雄，守其雌；知其荣，守其辱"；是以淡泊明志，宁静致远。

勿让家人掺和公事

我之所以写下这篇文章，并把它与修身内容放在一起，不是自己在这方面有什么经验和心得，身在基层，说"夫人参政"不够层次，家人在异地老家与我的工作基本不搭边。主要是基于两个方面：一是"修身"必涉及"齐家"，家庭、家风、家人对一个人从政有着一定影响；二是"夫人参政"、家人掺和公事的情况是一种客观存在，而且这种现象由上向下一直渗透到基层。因此有必要作点粗略分析，说点片语拙见。

"夫人参政"的现象可以一直追溯到古代封建社会的"外戚干政"，主要范围是在朝廷顶级人物，而地方官吏没有也不具备这个条件。外戚干政在特定条件下也有一定的作用，如皇帝年幼，太后及外戚辅政，有利于朝政稳定，但多数情况下外戚专横跋扈，搅乱朝纲，带来的都是副作用，如东汉中后期就是因为接连不断的外戚专权导致王朝衰亡。一般来说，开国之君英明的帝王，不会出现外戚干政的情况，而贤良的后妃也会主动约束自己和外戚的行为，不干涉朝政，如东汉明帝的马皇后、唐太宗的长孙皇后等。国外的"第一夫人"参政在资本主义国家也多有发生，如美国第 32 任总统罗斯福的夫人安娜·埃莉诺，她参政的作用主要是正面的，有时弥补了罗斯福行动不便的不足。而菲律宾前总统马科斯的夫人伊梅尔达，因参政奢侈无度导致政权腐败，最后被人民推翻，据后来清算，伊梅尔达夫妇的财产占菲律宾年国内生产总值的1/4，她个人仅皮鞋3000双，裙子5000条。近几年我国反腐"打虎"，也频发这样的例子，如一个省的主要领导被查，牵出妻子、父子、兄弟乃至亲戚朋友等"全家腐"和"塌方式腐败"，不能说不是惨痛的教训。

有人对"夫人参政"的形式做过专门分析，认为有五种基本类型：一是参谋型，遇事帮领导分析判断，积极出谋划策，充当谋士；二是信息型，经常向领导提供各种非正式信息，间接地影响领导的思想和看法；三是谏议型，平时对小事不管，对大的事情坚持自己的原则和意见，对工作施加影响；四是助手型，什么事都喜欢插手过问，俨然是领导助理或"办公室主任"；五是"权欲型"，认为夫妻一起奋斗，自己辅助有功，有了权力资源也要一起分享，甚至越位干政。产生"夫人参政"的原因，积极的方面是对配偶事业的关心、支持、爱护，也有的是出于人情关系受人之托；消极方面主要是受虚荣心驱使，认为自己配偶是个人物，以领导夫人的便利，捞取利益好处。对于"夫人参政"的效果自然不能一概否定，有些贤内助对配偶在事业上的发展进步确实提供了重要帮助，但过分干预领导政事，甚至影响单位的工作决策，肯定是弊多利少，至少大多数人在心理上是反感的。夫妻双方在家庭中的角色和领导职位的高低决定了"夫人参政"的程度和影响的大小，领导职位越高，夫人参政程度越大，如果是反向的负面影响更大，所以，党内有老同志如辽宁省委原常务书记李荒曾明确提出，反对"夫人参政"，他的观点受到了中央领导的肯定。

我们工作在基层，而且是异地交流任职，说不让"夫人参政"有点拔高自己的档次，但自己在异地任职十几年，配偶和家人除了分担全部家务理解支持外，从不过问我工作上的事，我在三个城市工作了12

年，配偶和家人没有专门去过一次，都是我周末回来才和家人相聚。我主张，不要把工作上的事带到家里来，不要给家人主要是配偶诉说工作上的矛盾问题，不要让家人掺和工作上的事。让家人掺和公事，会带来三个毛病：一是增加家人的担心与烦恼，每个人工作中都有压力和烦心事，向家人诉说只会徒增他们的担心烦恼，完全没有必要；二是会影响处理同事间包括同事爱人之间的关系，特别是住在同一个单位宿舍，知道配偶平时工作上的矛盾，与人交往时就会心存芥蒂，不如一张白纸轻松自然；三是对一些重要决策如人事变动，如果配偶参与或知道，说话不慎会带来很大的副作用。古代有过一个极端的例子，《左传·桓公十五年》记载，郑厉公对大臣祭仲专权很担忧，让雍纠找机会杀了他，雍纠把这件事告诉了自己的妻子，妻子又告诉了她母亲即祭仲的夫人，结果祭仲先杀了雍纠，郑厉公只得装上雍纠尸体逃亡，感叹说："大事谋及夫人，死得应该。"当然，现在的社会不会有这样极端的典型，但夫人越位惹祸上身的例子还是屡见不鲜。我认识的一个市领导，自己工作朴实厚道，就是夫人过于强势喜欢揽事做主，一次巡视时有人举报，被纪委请去一两个月说明问题，后来查实是他夫人背地里收受好处帮人插手项目，结果给了个处分并调离重要领导岗位。

凡事皆有两面性，在职业旅途中，关心支持对方工作理所当然，但越位干预政事、滥用公权的影响则会惹祸生非。为政还是要"修身齐家"，正心智，立规矩，严家风，处理好"公器"与"家事"的关系，勿让家人掺和公事为好。

要善于学习

学习是人的一种本能，是人类提高生存适应能力的唯一选择。一个人能力修为的高低，全在于是否善于学习。"腹有诗书气自华"，学习是开启智慧之门的钥匙，是通向成功完善自我的阶梯；学习不是简单地读几本书，多背几篇诗文名句，或者攻略刁钻的习题，学习是潜藏于内心的生活动因，是对人和事物认知感悟的能力；学习不是在分数牵引下地做题竞赛，也不是为了敲开职业之门的阶段性功课，学习应当是终身孜孜不倦的追求和乐趣。古人云："少而好学，如日出之阳；壮而好学，如日中之光；老而好学，如秉烛之明。"当今社会变化之急剧，人的应对之窘迫，唯有终身学习；但知识之广博，信息之庞杂，要想学而有益，则必须善于学习。

要有选择性的学习。学习的基本途径是多读多看，古今中外的书籍浩如烟海，社会变革和信息更迭日新月异，没有谁能穷尽所有的知识，学习必须有所选择，不然就会被浩瀚的知识和如烟的信息所淹没。培根在《论求知》中说："读书的人要有读书的本领，要学会权衡轻重，以审察事理为目的。有些书浅尝即可，有些书只需要浏览大概，只有少数的书才需要慢慢咀嚼消化。"读书应当根据实际工作的需要，选择能增长实际才干的书籍进行学习，现在书市良莠不齐，信息充斥泛滥，在学习时就要加以选择甄别。要多读经典，经典是经过历史沉淀过滤的智慧精华，远胜于那些拼凑空泛粗浅的应时之作。对与工作有关的专业书籍，选出有代表性的佳作，反复揣摩研读；对一般的知识性书籍，只需知其概略。读书必须既广泛涉猎，又博专结合，从事领导工作的，要读点哲学和历史，读点社会管理方面的书，只有历史才会引导你如何分析现实，而哲学和社会学可以让你明察人性；每年要读一两本有思想深度的书，一些闲聊式的心灵鸡汤偶尔翻翻即可，因为只有思想深刻的书才会有助于提高自己。

要善于在实践中学习。实践是一切知识的源泉，实践又是不断学习的动力。实践出真知，毛主席说："一切真知都是从直接经验发源的。"在实践中学习，善读无字之书，比单啃书本更为重要。"天下之事，闻者不如见者知之为祥，见者不如居者知之为尽。"我们在书上读到某种学问，似乎初有感觉，但并不能马上理解，而当经过实践历练，再来回味思考，才会有深刻的感悟。学校的学习只是基础，是培养学习的兴趣和方法，重要的是在实践中持续不断的学习。而且书本知识也并不等同于能力，有人做过一项统计，人的知识70%是在实践中获得的，"发明大王"爱迪生基本没上过什么学，却拥有2000多项专利；"杂交水稻之父"袁隆平，论学历就是大专，却登上了农业科技事业的峰巅。知识的多寡固然重要，但只有在实践中贯通运用才是真实的本领，只会读死书或钻牛角尖，就如赵括的"纸上谈兵"徒留谈资笑柄。成绩优异也不一定就有突出的成就，古代科举取士制度实行了1200余年，共有596名状元，在历史上成大器常被后人提起的寥寥无几，武状元除中唐名将郭子仪外，没一个是通过科举成为著名将领的。书本只是提供大致的方法和借鉴，真正的运用之道只能在书本之外的实践中获得。

要注意向身边人学习。民间有高手，林莽出英才。古人云："五步之内，必有芳草；尺寸之间，尽显方圆。"伟大人物远居高位，我们看到的都是光鲜耀眼，自难望其项背，而一些底层才俊，因没有展示舞台，虽有卓异却无法显露风采，但这并不妨碍我们虚心向他学习。潜才未达时，亦是俱才可学。鬼谷子培养了庞涓、孙膑、苏秦、张仪那样的时代俊杰，难道他之前名显身贵吗？孔子曾求教于老子，郑谷被称为"一字之师"，连毛泽东的《沁园春·雪》在诗刊发表时还采纳了臧克家的一字建议。向身边人学习，首先要向领导学习，领导资历职位都在我们之上，其思维经历必有高人之处，学之则站位更高，秦代李斯就主张"以吏为师"，向上司学习；要向同行学习，能成同行，必有专业所长，学其所长，则智益更广，分管总是更具体，下级总是更专业，他们的长处，正是我们博采之所需；要向基层群众学习，群众是真正的英雄，许多鲜活的经验和改革措施都来源于基层群众的首创，工作中的困惑有时你百思不得其法，而求教于群众可能会茅塞顿开破解难题。向身边人学习不是故作姿态，刻意谦恭，也不是有了难处才专门求教，而是平时留心注意，事事勤于观察，态度诚恳，不耻求问，虽不样样皆优于我，但能取一之长也是学有所得。

要学思结合，学以致用，不断总结提高。"学而不思则罔，思而不学则殆。"要"博学之，审问之，慎思之，明辨之，笃行之"，真正的学习必须带着问题学，有学有问，学思结合。学习的目的在于运用，学用结合，知行合一，才会领略学习的真谛。但学习也不应过于功利，应当把它当作一种生活内容和享受，学习应是一种全天候的状态，不是坐在书桌前才开始研习。学习是一个不断积累发展的过程，知识无涯，学无止境，每有所得，应该不断思考总结，举一反三，方能拾级而上，不断升华提高。

闲　逸

当领导别痴迷任何爱好

如同领导的社交活动受人注目，领导的个人爱好也会引人关注。爱好是指对某种事物具有浓厚的兴趣，它是人的精神生活的重要组成部分，领导也是正常人，有些正当的个人爱好，既可以丰富业余生活，又可以放松身心，调节情绪，缓解工作压力，有利于提升工作效率。但是，凡事有一个"度"，尤其是领导干部所处的地位角色，会对他人的爱好选择具有诱导和示范效应，放纵个人爱好，沉溺于嗜好兴趣，就会本末倒置，贻害工作，败坏风气。因此，领导者应当管好自己的个人爱好，要爱之有益，好之有度。

严格地说，领导的个人爱好可以看作"修身"的一个方面，之所以把它作为闲情逸致，是因为对多数人来讲，爱好只是一种业余兴趣，既没特别的专，也不至于过度的迷，仅是打发时间充实业余生活而已，与工作没多大直接联系。但对有些领导，借工作便利或职务影响，特意发展和彰显个人喜好，痴迷无度，玩物丧志，则会带动下属，影响他人，贻误正业。无论是古代昏庸的帝王，还是如今的一些贪官，个人嗜好的痴迷无度就像上瘾的毒药，既毒杀了自己，又祸害了他人。

"楚王好细腰，宫中多饿死"，就是古代对君王个人喜好影响朝臣政风的典型描述。因年代久远，当时楚国朝臣们为讨好君王饿到什么程度不得而知，但堂堂大臣们个个杨柳细腰，面黄肌瘦风吹欲倒，于国于家自然不是什么好事。最早的正面事例可能是《韩非子》中记载的"鲁相嗜鱼"，鲁国宰相公孙休喜欢吃鱼，这一嗜好国人皆知，于是一些人争相买鱼献给他，他却从不接受，有人不解地问："你这么喜欢吃鱼，为什么不收呢？"他说："正因为我喜欢吃鱼才不能接受啊，如果我因为接受别人的小贿被罢免，到时就再难吃到鱼了，如果我廉洁奉公，就不会被罢免，就能经常吃到鱼。"公孙休能够约束自己，管住爱好，不因嗜鱼而私贪享受，所以被传为美谈。

纵观历史上那些有作为的帝王和治世能臣，凡是留下功业的没听说有什么特别的爱好，因为他们把精力都花在励精图治上，而一些怠于政事甚至祸国害民庸碌之辈，却有一些痴迷专注的个人特长和嗜好，这最典型的恐怕要数南唐后主李煜和宋徽宗赵佶。李煜精于书法绘画，通音律，尤擅长写诗填词，当皇帝后不思进取，无心治理国家政事，却醉心于和大臣后妃们诗词唱和，嬉戏娱乐，朝廷皆是一片苟且偷安的奢靡之风，不几年就国破家亡了。据说女人的裹足之风也兴于他的爱好，害得中国女子的肢体被扭曲摧残上千年。赵佶爱好书画，艺术造诣极高，还专门设立书画翰林院，但他的职业是皇帝，却不关心国家大事，结果奸臣当道，朝政废弛，国力衰微，最后当了亡国之君客死异乡。还有一些怪僻的皇帝爱好更奇葩：南朝的齐武帝萧宝卷喜欢在宫中设立市场做生意，梁武帝萧衍想要到寺庙当和尚，北齐后主高纬喜欢做扮演乞丐的游戏，五代后唐庄宗李存勖喜欢听戏唱戏并宠用伶人，明熹宗朱由校喜欢做木匠盖房子，等等，这些都为他们荒于政事和国家衰败埋下了伏笔。

"上有所好，下必甚焉。"领导个人爱好的失度，既影响政风民风，有损于干部形象，又会给一些"围猎者"提供可乘之机，带来贪腐之害。"围猎者"的法则就是"不怕领导讲原则，就怕领导没爱好"，一些领导干部走向贪腐，很大程度就是被个人爱好所左右，慢慢"温水煮青蛙"，不知不觉中破坏法纪落入陷阱。近些年查处的高官贪腐案例中就有许多典型：有的喜欢打网球，就有人苦练球技拼命想钻入球的圈子；有的爱好玩摄影，就有企业老板或大款主动"借给"上百万的高档摄影器材；有的爱好收藏玉石，就有人到处收买奇珍异石奉送；有的喜欢舞墨写字，于是办公室、企业、酒店之处皆请题字送润笔费；更有的喜欢攀附风雅出书卖书，前几年网曝热议的《平安经》就是一个典型，这样的作品竟能出版还专门研讨让人每日诵读，可见领导个人喜好的膨胀，足以影响和扭曲一个部门的文化心态和灵魂。我认识的领导和朋友中，也有因个人爱好失范，被人利用或借机敛财谋利，最后也作为违法证据受到追究。

个人爱好非小节，情趣之中有大义。领导属于公众人物，代表的是政府形象，拥有的是社会资源，个人爱好不能太"离谱"，若放纵个人爱好，沉溺于自我满足，甚至借个人爱好"搞圈子"，"拉山头"，搞利益输送，则是误人害己。风成于上，俗形于下。领导对个人爱好应择善而为，隐而不露，律己慎微，好之有度，才能防止玩物丧志，不被痴迷的爱好所吞噬。爱好也是一把"双刃剑"，正如有人说过："高尚的爱好可以造就天堂，低庸的爱好只会造就坟墓。"

业余生活应当健康阳光

业余生活是工作之外的"另一个我"，是人的生活内容不可缺少的部分。在职工作时，业余生活是工作的补充和润滑剂，退休之后，业余生活是生活主体和全部。工作决定生活的基本条件，业余生活有时倒可以体现生活的品位与质量，所以，健康阳光的业余生活，既是工作的调节和小憩，也是生活的享受和乐趣。

业余生活主要是指工作时间之外进行的各种活动，它反映了一个人的生活情趣和爱好，也是与社会交流、充实心灵空间的一种生活方式，业余生活与兴趣爱好有联系也有区别，业余生活是你工作之余做些什么事，兴趣爱好是对什么事偏好与专注。业余生活的内容很多，有运动类，如打球、跑步、爬山等；有娱乐类，如听音乐、看电影、绘画、阅读书刊等；有消遣类，如常见的打牌、下棋、品茶等；还有技艺类，如竞技、表演、器乐演奏等。无论哪种活动内容，都要根据自身条件和爱好进行选择，总的目的是要愉悦身心，健康阳光。

作为领导干部，大多公务繁忙，业余活动时间有限，且在异地交流任职，又受到诸多条件限制，业余生活的范围很窄，选择余地较少。对业余活动，基本上有三种态度：一是单调的工作癖，除了工作或者加班工作，没什么业余爱好，一般也不参加社交活动，生活就是"两点一线"，要么在加班工作，要么闷在家里休息，这种生活方式有点古板单调，也不利于人的身心健康，倘若在工作中遇到什么烦心事，容易急躁发怒，心情焦虑，甚至积郁生病；二是业余社交型，工作可能不太用心，但求过得去，业余活动却很活跃，这种人大多有点自己的兴趣爱好，或者有相对稳定的业余活动圈子，如"球友""牌友""歌友"等，这种生活方式如果适度无可厚非，如果活动过于频繁紧密，以至于业余活动充满激情，工作时懈怠敷衍，则是本末倒置，贻误正事；三是两者兼顾型，工作时勤奋敬业，业余活动也量力参加，既有广泛的兴趣爱好，也不痴迷于某一项活动，既丰富业余生活，释放工作压力，也是一种心理调节和生活享受。在正常情况下，应努力做到两者兼顾。

要多参加户外活动。工作时基本上是以"坐"为主，上班坐办公室，开会坐会议室，出差下基层坐车，业余活动就应当以"动"为主，最好的动就是户外活动。户外活动可以集体组织，也可以小范围两三个人，可以骑车、跑步，也可以登山、近郊游玩，或者参观名胜古迹，探访风土人情等，总之要"动"，"生命在于运动"，动的好处，可以快速消除疲劳，促进新陈代谢，利于身体健康，增强机体活力，既领略大自然的美景，又愉悦身体心情。

适当参加职工业余文体活动。积极参加单位的职工业余活动，既与职工群众打成一片，又锻炼身体，是一举两得。职工业余活动还是了解民情民意，增强凝聚力的重要途径，每次系统组织的各类球赛，我都带头参加，如乒乓球、网球，不求名次，但求参与，对篮球也在有空时和大家跑几圈，或者当个啦啦队。适当组织职工业余文体比赛，业余活动也是思想工作的润滑剂，有利于增强集体荣誉感和工作活力。

还可以进行自我休闲运动。户外活动和职工业余活动都是集体和多人参与的，像异地交流的干部，工作之余大多是一个人，集体组织活动毕竟是少数，大多数情况下是自我锻炼，自我进行休闲运动。低门槛、不需要人陪伴的休闲锻炼主要是走路、跑步、游泳，在家跑步需要跑步机，时间短运动量大，可增强肺活量和心律；走路要快走或竞走才有锻炼作用，时间要四十分钟以上；游泳是非常好的有氧运动，对颈椎、肩椎和胸臂肺活量都有好处，应当坚持和提倡。

业余活动也有雅俗之分，要存雅去俗。但作为基层交流干部，业余活动的雅也要量力而行，打高尔夫球虽雅，但成本高且受条件限制，不适合大众运动。摄影门槛较高且雅无止境，也不必刻意追求，还是大众的球类、娱乐或技艺类活动比较适合，至于纯消遣性的打牌、K歌等，相对来说要俗一些，偶尔活动下尚可，切忌玩风过盛，尽量少碰为宜。

业余活动主要是愉悦身心，不搞什么圈子。业余活动本来就是业余的，活动下筋骨，锻炼下身体，使身心放松和开心愉悦即可，不要有什么门户之见，刻意挑选择人，甚至每次固定活动对象，搞"小圈子"，作为主要领导，与其借业余活动搞"小圈子"，不如坐在家里休息。

同时，业余活动要有度，不要越界踩线。主要是消遣性娱乐要有度，不到社会娱乐场所活动，不参与工作服务对象提供的消费活动，不借业余活动贪占索要，损害公众利益。不踩法纪"红线"，守住做人"底线"，"莫见乎隐，莫见乎微"，自律自爱，慎独慎微，学梅之高洁，兰之优雅，竹之坚韧，菊之清贞。

"八小时之外"见高低

　　时间对每个人都是平等的，但每个人对时间的安排却不同，于是有了人与人之间的许多差别。有一个著名的"三八理论"，就是把普通成年人的一天分成"三个八"，即八小时工作、八小时睡眠、八小时自由支配，前面两个"八"并无多大不同，人和人之间的差别，取决于剩下的八小时怎么度过。胡适先生说："人和人的区别在于八小时之外如何运用，八小时之内决定现在，八小时之外决定未来。"哈佛的一个理论阐述更直接：人与人的差别在于业余时间，一个人的命运决定于晚上八点到十点之间。也就是说，如何安排"八小时之外"，决定一个人成就的高低。

　　天道酬勤，"八小时以外"见高低，这是古往今来成功人士的经验总结。人的八小时工作是恒定的、有限的，只有用好"八小时之外"，挖掘"八小时之外"的潜力，才能增加你生命的长度，提升你生命的高度。比尔·盖茨之所以能够取得成功，是因为他在自己开公司之前几乎把所有时间都花在了计算机编程设计上。网易创始人丁磊的"第一桶金"，大部分是靠八小时外编程、写软件赚下的。英国著名数学家科尔曾破解过一个世界性难题，当记者问他花了多少时间论证这道难题时，他回答说："三年时间里所有的星期天。"智利诗人聂鲁达曾获诺贝尔文学奖，但他的职业是外交官，他大量的著名诗作都是在业余时间写成的。所有成功人士无论机遇和天赋如何，都有一个共同特点——勤奋。所谓"白天求生存，晚上求发展"，成功在八小时之外。爱因斯坦说："业余时间生产着人才，也生产着懒汉、酒鬼、牌迷、赌徒。由此不仅使工作业绩有别，也区分出高低优劣的人生境界。"

从事基层工作，且负有一定责任，不可能像企业家、专业人士那样专注投入来发展自己的产业，但可以在工作、休息和业余爱好上大致平衡。列宁说："不会休息就不会工作。"毛主席也说过："身体是革命的本钱。"我认为，可以将"八小时之外"的业余时间一分为三，即"三个三分之一"：三分之一用来学习思考工作，提升工作水平；三分之一陪家人或参与朋友社交活动；还有三分之一培养一点个人兴趣特长。

首先，利用三分之一时间学习思考工作。做领导工作的，不可能只是坐在办公室里上班，虽然可以不让单位的同志们加班，但自己把事带回家来做是常有的，就是休息娱乐时也可能在思考工作。这里说的三分之一，不一定是一个固定的时间，根据工作的需要，有时延长工作时间，有时把事带回家做，有时静下心来专门学习思考，有时静下心来阅读，带着问题思考，根据需要补学，结合实际反思，领导工作应当是"全天候"的学习状态，一般情况下，在办公室时事务缠身，是无法看书学习和静心思考问题的，而一些重要工作和临时性事项决策的处理，主要来源于平时的调研学习和分析思索。上班时间只能处理日常事务，下基层调研督办，参加上级的会议及活动，或者与班子成员研究相关工作，而学习充电和对一些重要问题的思考，完全是"八小时之外"的时间。自己在工作中的许多思路、观点，还有经验总结，都是来源于工作时间之外，"八小时以外"出思路、出经验、出成果，上班时间只是正常工作的运转，下班后的学习思考才能总结提高。

其次，三分之一时间陪家人或参与朋友社交活动。家是最小国，国是千万家，习近平总书记告诫我们，"领导干部的家风，不是个人小事，家庭私事，而是领导干部作风的重要表现"。特别是我们在异地任职的干部，本来对家庭欠账多，双休、节假日理当多陪家人，主动做点家务，多与子女交流，孝敬父母长辈，维持好家庭成员之间的关系，营造良好的家庭氛围。同时，人都有三朋四友，有时亲友之间互相走动交流，也可以增进友情，相互激励，提升正能量。当领导不是高高在上，寡情薄义，平时把自己封闭在自我天地的，要适当参与亲友间的乡俗民情活动，也是从另一方面了解社会，体察民意，增强社会认知能力。

最后，利用三分之一时间培养一点个人兴趣特长。兴趣特长不仅可以消磨闲暇时间，享受生活乐趣，还可以磨炼性格，增强毅力，拓展思维和学习能力，如果有条件，培养一点技艺特长有益无害。我说的兴趣特长，不是上网、追剧，或养花、遛狗，而是要有点文化内涵的技艺，如写作、书法、绘画、音乐等。我认为会一门乐器，既能自我欣赏调节情绪，又可以净化心灵怡人奋进，因为音乐是人类的第二语言，雅之上品。总之，闲暇匆匆过，用好是财富，不用则庸碌，你用什么方式对待业余之闲暇，闲暇就会回报你什么样的人生。

把握好饮酒的情与度

五谷精酿出黄醅，世上仙品般若汤。酒是上天的美赐，生活的琼浆，交流的信使，人生的伴侣。如果世间寻找一物，能渗入所有的领域，适合于各种不同的场合，且无论尊卑贵贱、富奢贫穷，皆心有所爱，乐此不疲，大概非酒莫属了。《汉书·食货志》里说："酒者，天之美禄，帝王所以颐养天下，享祀祈福，扶衰养疾。百礼之会，非酒不行。"可见酒之作用，上贯天地大事，下通乡风民仪。本人是一饮者，从 17 岁参军入伍到退休至今，基本饮之如故，所以特写此篇，聊下酒的文化与情感，叙以酒德礼仪饮之度。

酒的历史几乎和人类文明史一样悠久，中国酒文化则是华夏文明史中一个别样生辉的组成部分。关于酒的发明，有两种说法：一种是帝女仪狄造酒，那是在大禹时代；另一种是杜康造酒，约在夏朝之时。据史书记载，西周时便设有酒正，专门管理酿酒事务；西汉时酒业繁兴，榷酒专卖；唐代时实行特许酿酒；对税业征税，近代的酒政管理和征税大体源自民国。目前我国年酿酒总量 5400 多万千升，人均饮酒量 7 升，比世界前十的人均 10 升以上略低，年酒税加上烟税约占全国财政收入的 6%。《新科学家》杂志却发表过一个完全不同的调查结果：越是智商高聪明的人，越喜欢喝酒且酒量大。美国每 7 名男性诺贝尔奖得主中，有5个就是酒鬼。美国小说家雷蒙德·卡佛说："我们所有重要的决定都是在喝酒时作出的。"丘吉尔曾说过："不喝酒，那将会使我一无所有。"

就我国酒文化而言，酒为生活之必需，首先是酒适合表达人的任何一种感受和情绪，历代名人皆好酒。表达豪情壮志的，曹操的"对酒当歌，人生几何，何以解忧，唯有杜康"；表达喜悦心情的，杜甫的"白日放歌须纵酒，青春做伴好还乡"；表达闲情逸致的，陶渊明著名的一组诗就叫《饮酒》；感叹人生命运的，苏轼的"明月几时有，把酒问青天？但愿人长久，千里共婵娟"。朋友相聚时，"烹羊宰牛且为乐，会须一饮三百杯"；友人送别时，"劝君更尽一杯酒"；白居易留客也来一句"晚来天欲雪，能饮一杯无"；李清照嗜酒如命，年轻时"沉醉不知归路，兴尽晚回舟，误入莲藕深处"，老来历经战乱后写下"东篱把酒黄昏后，人比黄花瘦"；辛弃疾酒醉还"醉里挑灯看剑，梦回吹角连营"；伟人毛主席不善饮酒，在忧思国家命运时写下"把酒酹滔滔，心潮逐浪高"，在《答李谷一》中思念夫人杨开慧时也写下"问讯吴刚何所有，吴刚捧出桂花酒"。

酒不仅可以抒发情怀，表达心绪志趣，而且可以作为一种工具和介质，渗透到治国理政和军事斗争之中。春秋时秦穆公为收揽人心，失马还送酒；楚汉相争时"鸿门宴"，借酒局进行政治角逐；东汉末年曹操与刘备"煮酒论英雄"，北宋初年赵匡胤"杯酒释兵权"，无一不是以酒为介质来施展政治谋略的。以酒为工具进行政治管理的当数西汉，把赐酒作为为政以德的表现，对能力突出、德才兼备的官吏，或奉守"孝道"的长者，皆赐酒以示褒奖，汉文帝即位，"赐民爵一级，女子百户牛酒，酺五日"。酒还用来犒赏军士，霍去病大败匈奴，汉武帝赐美酒一坛。至于"乡饮"之俗，则以饮酒为礼。有人赞曰：夫酒者，水形而火性，外柔而内刚；其义秉伦理，其礼遵纲常，其智传四海，其信达三江；寿者告老，治者升迁，弱幼及冠，子题金榜，别旧迎新，婚丧嫁娶，无一不有酒之功德。

酒既然如此妙美，须讲饮酒之德，把握饮酒之度，方显怡情之高。像西晋时"竹林七贤"的狂饮，盛唐时期"饮中八仙"的豪饮，我们无法效仿；学陶渊明的"一觞虽独饮，杯尽壶自倾""泛此忘忧物，远我遗世情"，我们也难以做到；吾辈凡夫俗子，最好的状态是个人独饮小酌，朋友相聚畅饮，畅者，顺畅开怀，既不刻意扭捏，也不放荡痛饮，以尽兴微醺，半酣不醉为佳。李时珍《本草纲目》中说："少饮则活血行气，壮神御寒，消愁谴兴；痛饮则伤神耗生，损胃亡精。"酒有酒品，讲究"色、香、味、格"，饮者也应有酒德酒风，俗话说，"酒品看人品"，聚饮之德，不攀不饮之人饮酒，不强行劝人多饮，不乘人过量之际加饮，不在欲醉之时索饮，不假借酒醉胡言滥饮。同时，饮酒也要看场合，把握好角色，"酒逢知己饮，诗向会人吟"，是东道还是主宾，或者只是陪饮者，东道宜热情主动，主宾应谦让有度，而陪饮者宜跟饮助兴。总之，既怡情尽兴，又节制有度，才是饮者的佳境。

沉溺于追剧不可取

　　追剧在现代生活中比较普通，有人用追剧消遣打发时间，有人把追剧作为一种生活的情趣和享受，有人说追剧是一种生活态度，每天心情急迫地追看自己喜欢的剧目，熬至深夜也乐此不疲，并把自己融入剧中的世界，希望在剧中找到理想中的我。对这种现象我们不用妄加褒贬，存在即有一定合理性，因为每个人都有自由选择自己生活方式的权利，但过分沉溺于追剧，搭上所有的业余时间，甚至幻想通过剧中的角色找到生活的平衡，这似乎有些自我迷失，不足为取。

　　追剧现象最早可以追溯到 20 世纪 80 年代初，改革开放带来经济的发展，人们的物质生活逐渐好起来，也开始追求精神生活，随着家用电视的普及，大批的电视连续剧应运而生。大陆第一部电视连续剧是1980 年央视台拍摄播放的《敌营十八年》，1983 年山东台拍摄的《武松》也曾引起轰动，《木鱼石的传说》《寻找回来的世界》等也甚获好评，当时电视剧少而精，人们没什么娱乐方式，追剧就是主要的业余生活。国门刚打开，对港台剧和外国剧也有很大热情，《霍元甲》《上海滩》等是最早在大陆热播的港台电视剧，日本的电视剧《血疑》在我国播出时也轰动一时，创下了很高的收视率，连主演山口百惠的发型都被许多年轻女性所模仿，后来四大古典名著陆续拍成电视剧也都引起过一阵阵追剧热，可以说，20 世纪 80 年代国内电视剧刚刚兴起，大家大多是追剧人。20 世纪 90 年代初大型室内生活剧《渴望》的热播，把追剧推向了一个高潮，随后开始淡默分化。现在的剧多了，不像原来那样精雕细琢，人们看多了也有了审美疲劳，娱乐活动的选择替代也很多，追剧人的层次和结构都发生了变化，不同的人有不同爱好和追求，仅从一些剧目的受众对象看，可能年轻人居多，女性又多于男性。

自己不追剧，因为工作时基本没时间。现在有闲暇时，好的剧也看下，比如今年年初的《人世间》，基本上从头到尾看完。自己比较喜欢看历史正剧、真实的英雄传奇、深度社会现实剧、红色经典等，同时"五不看"：琼瑶的"多角恋情"的爱情剧、子虚乌有的"武侠传奇"剧、韩国拖沓的家庭生活"肥皂剧"、情节雷同的"都市言情"剧、以及胡编滥造的历史娱乐剧。我认为，电视剧不能过于娱乐化，应当真实地反映生活，有一定思想内容和教化作用。比如历史人物的塑造，应当是历史的真实、生活的真实和细节的真实统一，就是历史上必须真有其人、重大事件和主要情节必须真实存在、生活细节和人物心理活动必须符合当时的社会环境。现在有些历史剧就没有历史真实的影子，有的人物形象刻画完全随心所欲，一些情节基本上是调侃历史，愚弄观众，看这些烂剧，除了视觉上有一堆帅哥美女和场景外，其他一无所获。如果有空看电视，可供选择的知识性和娱乐性节目也很多，不用无脑去追剧。

有人对追剧的类型作过分析，大致有：（1）求知型，希望通过追剧来扩大知识面；（2）好奇型，总想探究剧中人物结局；（3）消遣型，纯属为了打发时间；（4）跟风型，别人追也跟着看。对于过度沉溺、追剧上瘾的害处，已有许多人撰文分析，有的是亲身经历现身说法，有的是通过社会调查，归纳起来，主要有以下五点。

一是浪费时间。每天耗时追剧，没有精力提升自己，就是虚耗自己的生命为他人的乐趣点赞。

二是损害身体。哈佛大学医学院研究团队利用对 10 万名基因数据分析表明，长期坐在电视机前会使本来就低落的情绪更加恶化，从而导致抑郁风险增加。《欧洲心脏病杂志》的一项最新研究，看电视时间太长会大幅增加静脉血栓栓塞的风险，与从不或很少看电视的人相比，每天看电视超过 4 小时患静脉血栓栓塞的风险高出 35%。还有研究发现，每天看电视达 3/4 小时死于常见疾病的可能性要高出 15%。

三是影响"三观"。一些低趣媚俗的电视剧塑造的人物严重脱离生活，如都市言情剧中的一些角色，男的帅气专横又多情，女的靓丽高冷又有才，故事就像童话中发生的事，看了着实引人吐槽。据《中国青年报》的一项调查，有 65.7%的受众会因为"三观不正"而弃剧。

四是误导生活。文艺作品应当力求真实地反映生活，又引导人们正确的生活。不知电视剧算不算文艺作品，总觉得有些看了很别扭，如把职场写的都像宫廷斗争，人物形象和语言对话好像不是吃中国饭长大的，有的甚至有悖于生活常识。有些电视剧大多是脸蛋、服饰、场景和零碎演技的搭配组合，缺少思想和灵魂，如果当成生活励志，只会误人子弟。

五是降低智力。研究发现，在成年早期和中年时期，每天看电视时间越长，大脑老化越快，并在以后生活中面临认知下降风险。同样是"看"，但阅读就没有这种负面影响。

当然，也有人认为，追自己喜欢的剧，特别是有价值的好剧，对人还是有益的。问题是，剧毕竟是剧作们演的故事，不能替代自己的生活，看无可厚非，别沉溺于追。有人在评论粗俗电视剧乱象时曾说："瞎编毁三观，追剧误半生。"

闲话自媒体

在当今信息时代，自媒体通过各种平台已经渗透到生活的各个方面，我们通过手机阅读新闻、上网查阅资料，通过即时软件与人交流，无时无刻不遭遇和接受各种自媒体信息。有人把自媒体作为获取知识信息的途径，有人利用自媒体展示自我、分享生活，有人利用自媒体赚钱并把它作为一种职业，如果把微信朋友圈也算上，基本上是全民自媒体，因此，如何认识和对待自媒体，是我们生活中不可回避的一个话题。

"自媒体"，英文为"We Media"，又称"个人媒体"，就是指普通大众通过网络等途径向外发布他们本身的事实和新闻的传播方式。通俗地说，就是自己做媒体。自媒体有着平民化、个性化、交互性强、传播快等特点，由于门槛较低，加之互联网的普及和终端工具的便捷，近年来自媒体行业快速发展，目前我国网民规模约为9.4亿人，2021年全职从事自媒体的人员达370万人，兼职人员600万人，一共有970万人从事自媒体行业。自媒体的内容涉及各个方面，主要形式有文章、图片、直播、短视频等，平台主要有微博、微信公众号、今日头条、百度百家、抖音等。

自媒体相对于传统媒体有它的优势和特点：一是自为性，只要你愿意，谁都可以制作上传作品，成为媒体人，几乎没什么门槛；二是即时性，只要有手机、电脑和网络，可随时随地发表、获取、分享作品和信息，便捷、快速；三是交互性，可以迅速反馈、互动、交流，并形成一定的社交人脉；四是灵活性，或者说碎片化，自媒体大多比较短，内容简单，一件事情，一个场景或一个观点，零碎灵活，具有消遣性质；五是自娱性，目前对自媒体范围没作限制，除少数头部账号外，大多是日常生活的自我表现，随心随意，带有很大的自娱成分。就目前来看，自媒体的优势在于传播方式，是一种新的传播形式，它给人们自由表达分享自己的见闻、知识、才艺、心得、情感提供了机会和平台，还看不出与文化的创造发展有多大关联，如同淘宝只是销售平台，改变了人们的购物方式，无关乎产品生产一样。

　　一个新的媒体和产业的兴起，必定会给拓荒者带来初始的红利，自媒体的快速发展，也给一些捷足先登者带来诸多好处。有人凭借自媒体，一夜之间成为网络红人；有人借助自身优势通过媒体直播，短时积聚大笔财富；有人通过平台展示自身才艺，提升了社会认可度和获得感；有人凭借专业知识做专题节目和线下收费，成为专职的自媒体从业者。然而，凡有新的时代浪潮涌起，必有沉渣泛滥，目前自媒体也良莠不齐，乱象丛生，虚假、低劣信息泛滥成灾。2017 年 7 月，北京市委网信办约谈整治一些自媒体平台，指出有"八大乱象"："曲解政策、违背正确导向""无中生有、散布虚假信息""颠倒是非、歪曲党史国史""格调低俗、突破道德底线""惊悚诱导，标题党现象泛滥""抄袭盗图、版权意识淡薄""炫富享乐、宣扬扭曲价值观""题无禁区、挑战公序良俗"。

　　本人不搞自媒体，高层次的没实力和精力，低劣随意的没什么价值，只是被动接触一些自媒体内容，也常常受到垃圾信息侵扰，我觉得，对自媒体一是要加强平台监管，二是对自媒体人也要适当约束。

　　首先是加强对平台的监管。自媒体平台不是法外之地，其性质就是经营传媒业，应与传统媒体一样纳入管理。对自媒体应当分类，如商业营销类、知识传播类、自娱自乐类。商业营销必须登记，直播带货就是典型的商业销售，收入达到一定规模要依法缴税；知识传播类要设立门槛，像财经投资、文化讲座、技艺培训等，不能让半瓶子醋充斥市场；自娱自乐可不设门槛，但禁止打赏提现，不许蹭流量推送，对仅凭颜值蹭流量赚赏致富的要有所限制，它会误导人们的价值观。对时政大事、党史国策、社会民生等敏感问题，严禁个人调侃擅议。对恶意造谣发布虚假信息的，一经查实，即时整改和查封账号。打个不恰当的比喻，自媒体就是交流分享各类信息的"大排档"，你可以卖烧烤，也可以卖冰糖葫芦和虾饼，还可以边卖边吆喝自我欣赏，但不能卖假货和有毒的食品。

　　其次要对媒体人加以约束。自媒体人要提高自身素质，业余自娱的，要有感而作，别过于自恋痴迷；职业的要科学定位，突出优势，做专做精，作品要原创有价值，不能为流量和粉丝低劣媚俗，受众也不必盲目跟风模仿，盲目跟风打赏就是用自己的无知为别人的忽悠买单。平台是公共场合，自媒体也要讲公德，每个人有在媒体上发布言论和作品的自由，但不能影响他人自由，污染公共环境。如同在住宅区不能大声喧哗，广场不能乱画乱挂，大街上不能随地吐痰、骂人一样，在自媒体平台也不能恣意妄为搞信息污染。

　　自媒体是未来生活的一种趋势，但它不可能替代传统媒体，因为深刻的思想和系统的知识不可能从现有的自媒体中获得。自媒体自身也要改革提高，靠低劣消遣不会火热持久，单打独斗无法提升档次，可能要有核心团队，创立品牌才能长久存活。当时尚的潮水退去，裸泳者将一无所有，那些粗浅低劣的东西将成为僵尸慢慢死去，因为人们需要分享有价值的生活，而不是扰人的垃圾噪音。